DER KLEINE BUCH VERLAG

Das Buch

Menschen, die sehr alt werden, sind wunderlich und weise, humorvoll und verbittert, böse und liebenswert, lebensfroh und depressiv, naiv und raffiniert, glücklich und genervt – das Spektrum ist unerschöpflich, wie das Dasein selbst. Die kurzen Geschichten aus langen Leben verniedlichen nicht die Beschwernisse des Älterwerdens, berichten aber auch von den Träumen, die man sich bis ins hohe Alter bewahren kann. Da gibt es die reiselustige alte Dame, die sich in andere Leben träumt, den einsamen Witwer, der noch einmal sein bestes Stück stehen sehen will, die Frau, die ihren Ehemann als Reinkarnation wiederfindet, die Mörderin, die nach zwanzig Jahren aus der Haft entlassen wird, das Ehepaar, das mit dem Vergessen umgehen lernen muss, die Freundinnen, die sich zum Plaudern auf dem Friedhof treffen und viele mehr.

Die Autorin

Heidi Fischer wurde 1954 in Oberfranken geboren, lebte einige Jahre in München, um dann mit ihrem Ehemann und ihren drei Kindern wieder nach Coburg zurückzukehren. Sie arbeitete als Lehrerin, Mutter und Hausfrau und schreibt seit vielen Jahren Gedichte und Kurzgeschichten. Ihre Arbeiten wurden in unterschiedlichen Anthologien und der Literaturzeitschrift *Wortlaut* veröffentlicht.
2008 erschien ihr erstes Buch *Du riechst noch immer so...* im Heinz Wohlers Verlag. 2014 wurde ihr Roman *Laufmaschen im Strickstrumpf* bei Der Kleine Buch Verlag veröffentlicht.

Heidi Fischer

WER *später* STIRBT, IST *länger* ALT

Kurze Geschichten von langen Leben

Der Kleine Buch Verlag

Impressum

Die deutsche Nationalbibliothek verzeichnet diese Publikation in der Deutschen Nationalbibliografie; detaillierte bibliografische Daten sind im Internet unter www.dnb.de abrufbar.

© 2015 Der Kleine Buch Verlag, Karlsruhe
Projektmanagement & Lektorat: Tatjana Weiß
Korrektorat, Satz & Layout: Beatrice Hildebrand
Umschlaggestaltung: Manuela Wirtz, www.manuwirtz.de
Umschlagabbildung: carbouval / Shutterstock.com
Druck: Orga-Concept e.K., Filderstadt

ISBN: 978-3-7650-9106-3

Dieser Titel erscheint auch als E-Book:
ISBN: 978-3-7650-2127-5

www.derkleinebuchverlag.de
www.facebook.com/DerKleineBuchVerlag

Alt bist du erst,
wenn du beschlossen hast,
alt zu sein.

Inhalt

Am Ende

wenn der Alltag
die Farben verliert
weitet sich das Denken
dehnt sich aus

zu den Brüsten der Mutter
wendet es sich
hüllt sich in
frühe Geborgenheit

am Ende sind Gefühle
hüpfende Kinder
die dem Dasein
leichtfüßig Ade sagen

Jedes Alter hat seine Vergnügen,
seinen Geist und seine Sitten.

Nicolas Boileau-Despréaux

Marga hätte es gefallen

Reinhold steht vor dem Spiegel im Schlafzimmer. Die Vorhänge hat er zugezogen, obwohl es erst acht Uhr am Abend ist. Aber bei dem, was er jetzt tut, will er keine Zuschauer und braucht das Gefühl, ganz für sich zu sein mit seinem besten Stück.

Jetzt will er allein sein und sich nur Marga nahe fühlen. Marga, die schon so viele Jahre tot ist, dass er sich manchmal nicht mehr an ihr Gesicht und ihren Körper erinnern kann und die alten Fotos heraussuchen muss, um sie wieder zu finden.

Er steht ganz still und wartet. Wartet und schaut gespannt an sich hinunter. Er hat sich nackt ausgezogen. Ein leichtes Frösteln durchrinnt seinen Körper, lässt die weißen Härchen auf den Oberarmen und den Schenkeln aufstehen. Obwohl heute ein heißer Tag im Juli ist, friert er.

»Du bist nur noch Haut und Knochen«, sagt seine Tochter Lena oft und schaut ihn dabei strafend an, als wäre er ein kleiner Junge, der seinen Teller nicht leer gegessen hat. »Denk an dein Herz«, sagt sie auch immer. So, als würde allein das Denken an dieses Organ ihn wieder fit und jung werden lassen. Ständig machen sich seine Kinder Gedanken über seine Gesundheit. Wie es in seinem Inneren aussieht, fragt lieber keiner. Wahrscheinlich haben sie Angst davor, was sie hören würden.

Als er Robert, den ältesten Sohn, auf seinen Wunsch angesprochen hat, hat dieser nur empört den Kopf geschüttelt und gesagt: »Also wirklich, Papa, in deinem Alter! Mama wäre traurig, dass du überhaupt an sowas denkst.«

Robert hat seine Mutter eben immer nur aus der Sicht des Sohnes gesehen. Aber wer kennt schon alle Facetten vom anderen?

Wenn Reinhold und Marga zusammen geschlafen haben, hat sie oft hinterher seinen Penis liebevoll gestreichelt. Und nicht nur den. Er vermisst ihr Streicheln an jedem Quadratzentimeter seines Körpers.

Für sein Alter sieht er noch ganz ordentlich aus. Nur sein bestes Teil hängt ständig traurig Richtung Erdboden, wie ein ausgelutschter Wurstzipfel. Er hasst es, ihn so zu sehen.

Früher hätte er dieses Problem mit seinem Freund Hannes besprechen können. Wenn ihn irgendwo der Schuh drückte, war er immer zu ihm gegangen. Zum Beispiel damals, als er sich unsterblich in die neu eingezogene Nachbarin verliebt hatte. Es war genau in dem Jahr, als Robert auf die Welt gekommen war und Marga ihn gar nicht mehr beachtete vor lauter Stillen und Windelwechseln. Damals wäre er seiner Frau fast davongelaufen, wenn es diese Gespräche mit Hannes nicht gegeben hätte, die ihn wieder gerade gerückt hatten. Das Techtelmechtel damals hat Marga Gott sei Dank nicht mitbekommen und sein Freund konnte schweigen wie ein Grab, wenn es darauf ankam.

Reinhold weiß keinen mehr, mit dem er knifflige Themen besprechen kann. Hannes ist vor fünf Jahren gestorben. Mit Max, Werner und Herbert ist er nicht so vertraut. Mit ihnen spielt er jede Woche Skat und manchmal trinken sie ein Bier beim Wirt um die Ecke, aber da wird nur ein bisschen gelabert, ernsthafte Themen kommen dabei nicht auf den Tisch. Das meiste Vertrauen hat er mittlerweile zu seinem Hausarzt, dort ist er jede Woche zweimal zum Blutdruckmessen, Blutabnehmen und Tablettenverschreiben.

»Noch einmal möchte ich ihn stehen sehen, Herr Doktor«, hat er letzte Woche zu ihm gesagt. Aber der hat nur abgewinkt, zwar hat er dabei lachen müssen, aber seine Absage war klar formuliert: »Bei Ihrem schwachen Herz mache ich mich strafbar, wenn ich Ihnen Viagra aufschreibe. Nein, Herr Müller, das Rezept bekommen Sie von mir nicht.«

Dass es dann doch geklappt hat, war einem glücklichen Zufall zu verdanken. Beim Wirt haben ein paar junge Kerle damit geprahlt, dass sie sich die Tabletten immer aus dem Türkeiurlaub mitbringen und sie hier teuer verscherbeln. Als einer von ihnen auf die Toilette verschwand, ist er ihm hinterher gelaufen und hat ihn angesprochen. Es war peinlich, aber gelohnt hat es sich auf jeden Fall.

»Hey Opa, willste auch noch mal einen hochbringen? Dir schenk ich eine, du hast sie wirklich nötig«, hat der Jungspund geantwortet. Reinhold ist rot angelaufen, aber er hat seinen Ärger hinuntergeschluckt, danke gesagt und ist gleich durch den Hinterausgang nach Hause. Wenn die Männer ihn in der Wirtschaft blöd angequatscht hätten, wäre er wahrscheinlich vor Scham tot umgefallen. Draußen hat er Max angerufen und ihm gesagt, dass er sein Bier auslegen soll und dass er nächste Woche wieder beim Kartenspielen dabei sein wird, aber jetzt müsste er schnell nach Hause, weil er eine Verabredung hätte.

Das war ja auch nicht gelogen. Schließlich hat er eine Verabredung, mit seinem besten Stück.

Reinhold schaut gebannt an sich hinunter. Ziemlich lange tut sich gar nichts. Aber dann spürt er, wie er sich langsam aufrichtet.

Und Reinhold ist glücklich, glücklich wie ganz lange nicht mehr. Natürlich ist es nicht dasselbe wie früher, als Marga und er zusammen waren, aber er spürt sich wieder. Spürt sich dort, wo sonst nur Leere ist. Mit einem Lächeln schließt er die Augen.

»Marga, ich liebe dich«, sagt er leise. Und genießt.

Alle Schätze dieser Erde wiegen
einen guten Freund nicht auf.
Voltaire

Freundinnen

Eigentlich waren sie grundverschieden. Viel zu gegensätzlich, um Freundinnen zu werden. Das fing schon bei den Blumen an: Else konnte sich nicht an allem freuen, was wuchs, sie bevorzugte Pflanzen, die viel Pflege brauchten und deren Züchtung mit Aufwand und Geld verbunden war, zum Beispiel Edelrosen und Bougainvilleen. Gerda sah das anders. Hauptsache grün und üppig, lautete ihre Devise. Sie liebte auch Brennnesseln und Löwenzahn.

»Bei Unkraut sollte man nicht von Blumen sprechen«, sagte Else tadelnd, als Gerda ihr einmal ein Sträußchen Gänseblumen brachte. Aber das war kein Thema, über das sie je gestritten hatten, denn Else bekam von niemandem außer Gerda Blumen geschenkt. Hatten sie überhaupt je gestritten?

Gedankenverloren zupfte Gerda ein Büschel Gras zwischen den Stiefmütterchen heraus, die im Halbkreis um den Grabstein der Familie Müller-Wohlfeil gepflanzt waren.

Früher war Else groß und kräftig gebaut, nicht dick, aber eine imposante Erscheinung. Immer elegant gekleidet, die Haare frisch vom Friseur. Gerda kannte keine andere

Frau, die zweimal pro Woche zum Haarelegen ging. Seit einigen Jahren war Else geschrumpft, ihre Schritte winzig und trippelnd geworden. Im Ganzen wirkte sie viel kleiner, und, obwohl es kaum damit zu tun haben konnte, sympathischer. Mit der Frau von früher hätte Gerda sich nie angefreundet. Aber damals hätte Else sie auch nicht an sich herangelassen. Viele Jahre war Gerda nur die gutmütige Bekannte aus der Nachbarschaft, die immer präsent war, wenn während des Urlaubs Blumen gegossen werden mussten oder Pakete anzunehmen waren.

Ihr Verhältnis änderte sich erst ein paar Jahre nach dem Tod von Elses Mann. Einmal in der Woche tranken sie jetzt heiße Schokolade im Café *Sorgenfrei*. Immer am gleichen Tisch, neben dem Kachelofen, mit direktem Blick zur Tür. Eine doppelte Portion mit viel Sahne für Else, eine kleine Tasse, gesüßt mit Saccharin, für Gerda. Else lud Gerda immer ein. Wenn diese protestierte, weil sie glaubte, zu dick zu werden, sagte Else nur: »Schau mich an: nur Haut und Knochen. Du brauchst was zum Zusetzen, Schätzchen.« Trotzdem griff Gerda immer zum kalorienarmen Süßstoff, auch wenn sich schon lange niemand mehr für die Fettpölsterchen rund um ihre Taille interessierte und ihr Altersdiabetes kaum nennenswert war. Else scherte sich absolut nicht darum, was ihr Arzt zu den Cafébesuchen sagte. Sie aß und trank nur noch, was ihr schmeckte. Aber auch sonst kümmerte sie sich nie besonders um die Meinung anderer. Nur Gerda fragte sie manchmal um Rat. Aber auch nicht zu wirklich intimen Dingen. Zu viel Nähe vertrug sie nicht. Nicht mal, wenn es um ganz Banales ging.

Gerda durfte erst *Else* und *Du* sagen, nachdem sie schon viele Caféhausstunden miteinander verbracht hatten. Vorher war Else immer nur Frau Müller-Wohlfeil, obwohl Gerda nach dem Tod von Herbert Müller-Wohlfeil wochenlang deren Blumen versorgte, während Else auf Mallorca überwinterte.

Gerda hatte Zeit ihres Lebens im Tierheim gearbeitet: Katzen und Hunde versorgt, Käfige sauber gehalten, Futter eingekauft, Spendengelder beschafft. Tiere waren ihr die liebsten Freunde. Sie sah sie als ihre Familie. Sogar im Urlaub blieb sie Zuhause, weil sie ihren Wellensittich und die Katze nicht allein lassen wollte.

Wenn Gerda Else als Tier beschreiben sollte, hätte sie eine Katze gewählt. Nie einen Hund, obwohl sie in einem Rudel bestimmt die Leithündin gewesen wäre. In Biologie kannte Gerda sich aus, Else mehr in der Botanik. Auch ihre Allgemeinbildung war erstaunlich. Selbst wenn Gerda sich anstrengen würde, könnte sie die Freundin wohl darin nicht mehr einholen, dazu war sie zu alt. Und ihr fehlte der Ehrgeiz.

Else redete gerne über geschichtliche Themen, von den alten Römern bis zur Finanzkrise interessierte sie fast alles. Während Gerda mit Leihhunden Gassi ging oder Katzen beim Tierarzt entwurmen ließ, studierte ihre Freundin die Tageszeitung oder vertiefte sich in *Spiegel* und *Stern*. Fast alle politischen Geschehnisse diskutierte sie ausgiebig, nur nicht die unrühmliche Zeit des Zweiten Weltkriegs.

»Von den Juden haben wir nichts gewusst.« Das sagte sie immer mit Nachdruck und wechselte schnell das Thema. Gerda konnte ihr nicht glauben, weil sie sonst über alles so gut informiert war. Und ihr Ehemann Herbert war während des Zweiten Weltkriegs ein ziemlich hohes Tier gewesen: SS und Offizierslaufbahn. Aber darüber wollte die Freundin auch nicht reden. »Keine Ahnung«, war alles, was ihr dazu einfiel, und Gerda sprach nicht mehr darüber, weil sie der älteren Freundin nicht wehtun wollte und auch, weil Herbert schon seit zehn Jahren tot war. Andrerseits hörte Else Konstantin Wecker, fand seine Lieder *gegen Rechts* richtig gut. Gerda kannte keine andere mit siebenundachtzig, die neben André Rieu und Wiener-Strauß-Orchester auch noch Liedermacher wie Wecker und Wader hörte.

Am Mittelfinger trug Else einen Ring mit mindestens sieben Brillanten, die nicht klein waren. Richtige Klunker.

»Den vererbe ich dir, wenn ich sterbe«, sagte sie.

»Ich würde ihn nicht tragen. Der ist viel zu groß für mich. Kleine, dicke Frauen sollten keinen auffälligen Schmuck tragen! Schenk ihn deinen Kindern.« Gerda machte die Großzügigkeit verlegen.

»Sei nicht albern, Schmuck trägt man nicht, weil er anderen gefällt. Man trägt ihn, weil man ihn selbst schön findet. Außerdem ist der Ring eine gute Geldanlage.«

»Wozu brauche ich noch Geld? Höchstens für ein Auto, ein flotter Sportwagen wäre mein Traum!«

Gerda hatte nicht viele Träume, sie war ein zufriedener Mensch, nur, dass sie keinen Führerschein hatte und noch nie in einem wirklich schicken Auto gefahren war, wurmte sie manchmal.

»Autos haben die Kinder auch alle. Größer als nötig…«, antwortete Else und blickte gedankenverloren in die heiße Schokolade. Gerda schwieg.

Von den Kindern sprachen sie nicht oft. Sie kamen nie zu Besuch, seit Else im Altenheim war. Noch ein Thema, das traurig machte und deshalb lieber nicht angeschnitten wurde.

Wenn Else es sich hätte aussuchen können, wäre sie Landschaftsarchitektin geworden. Darüber sprach sie gerne. Aber diesen Studiengang gab es in ihrer Jugend noch nicht und es war schon fortschrittlich, dass sie überhaupt einen Beruf erlernen durfte, nicht so wie Gerda, die gar keine richtige Ausbildung hatte. Sogar im Tierheim war sie immer nur die Aushilfe. Else hatte Keramikerin gelernt, vor der Hochzeit mit Herbert, dann war sie nur noch Hausfrau und Mutter gewesen.

Emanzipation war damals ein Fremdwort, aber Else besaß dennoch viel Selbstbewusstsein. Als ihr Mann noch lebte, gestaltete sie den Garten nach Vorlagen aus dem *Rosenbogen*, einem Hochglanzmagazin für Hobbygärtner. Die reinste Parkanlage, zweitausend Quadratmeter vom Feinsten, hatte sie angelegt. Einmal wurden ihre Beete für eine Zeitschrift fotografiert und den jährlichen Wettbewerb *Mein schöner Garten*, den die Siedlergemeinschaft ausschrieb, gewann sie viermal in Folge.

Im Altenheim gab es nur die Fensterbank mit den Kräutern. »Pseudogetue«, sagte Else dazu und lehnte es ab, das Gießen zu übernehmen. Den schönsten Rosenstock aus ihrem Garten grub sie aus, als das Haus verkauft werden musste und gab ihn Gerda zur Pflege, weil er auf der mickrigen Fensterbank ihres Einzelzimmers keinen Platz hatte. In Gerdas winziger Wohnung störte er mehr, als dass er eine Bereicherung war, aber das Leuchten in den Augen von Else, wenn sie von seinen Blütenansätzen hörte, war es wert.

Am Tag nach ihrem letzten Cafébesuch stand Else mit einem metallicfarbenen Cabrio vor Gerdas Wohnblock. Es war ein Golf Cabrio. Schwarz mit Ledersitzen. Genau der Wagen, von dem Gerda immer geträumt hatte. Es war phantastisch darin zu sitzen. Sie machten eine Spritztour in die Fränkische Schweiz, dann weiter Richtung Bamberg und zurück. Obwohl Else seit Jahren nicht mehr selbst Auto gefahren war, genoss sie es, für die Freundin den Chauffeur zu spielen. Unterwegs hatte es angefangen zu regnen und sie wussten nicht, wie das Verdeck zuging. Doch nichts konnte ihre ausgelassene Stimmung trüben. Als sie wieder beim Altenheim ankamen, waren sie nass und durchgefroren. Aber sie hatten viel Spaß, pfiffen und sangen wie Marlene Dietrich in ihren besten Zeiten und Else musste Gerda unbedingt den Text von *Ein Freund, ein guter Freund, das ist das Beste, was es gibt auf der Welt* lehren.

Heinz Rühmann war ihr gemeinsamer Lieblingsschauspieler gewesen. Darüber gab es keine Diskussionen, und darüber, dass die Filme in ihrer Jugend einfach besser waren als heute, waren sie sich auch stets einig.

Für den Golf Cabrio hatte Else den Ring verscherbelt.

»Mir ist vollkommen klar, dass die Karre keine Wertanlage ist. Aber mit dem Ring hatte ich noch nie im Entferntesten so viel Spaß.«

Oben ohne und mit wehenden Haaren fahren, war Gerdas Traum seit Kindertagen. Sie ließen ihre Kopftücher im Wind flattern und sangen aus voller Kehle.

Drei Wochen zuvor hatte Elses Chemo angefangen, ihr Kopftuch diente nicht nur zur Zierde. Sie trug es ständig, auch nachts, weil sie ihren eigenen Anblick ohne Haare nicht ertragen konnte.

Es war erst Ende April und die Temperaturen viel zu niedrig, um Cabrio zu fahren. Sie holten sich beide eine ordentliche Erkältung. Leider hatte Else nicht Gerdas widerstandsfähiges Naturell. Sie bekam eine Lungenentzündung und hohes Fieber.

Vier Wochen später pflanzte Gerda den Rosenstock auf das Familiengrab der Familie Müller-Wohlfeil, zwischen Stiefmütterchen und Primeln.

Danach ging sie allein eine heiße Schokolade im Café *Sorgenfrei* trinken, mit ganz viel Sahne und einem Schuss Rum, weil sie noch immer einen hartnäckigen Schnupfen hatte.

Das Altern ist das Abendrot des Himmels.
Indonesisches Sprichwort

Anna liest

Sie hat sich für heute ein Buch mit Herbstgedichten vor-
genommen.

Gewaltig endet so das Jahr
Mit goldnem Wein und Frucht der Gärten.
Rund schweigen Wälder wunderbar
Und sind des Einsamen Gefährten.
(*Verklärter Herbst* von Georg Trakl)

Gedankenverloren schaut sie aus dem Fenster. Sie hat
von ihrem Zimmer aus einen wunderbaren Blick auf den
Innenhof des Pflegeheims. Überall Bäume und Büsche
in allen Grünschattierungen. Grün, nicht golden wie in
dem Herbst, als Max sie zum ersten Mal geküsst hat. Sie
kann sich noch genau daran erinnern, denn bei diesem
ersten Kuss hatte sie die Augen weit offen und über ihr
schwebten rotgolden die Blätter eines Ahornbaums.

Nie in ihrem Leben ist sie so verwöhnt worden wie
jetzt. Und nie hatte sie so viel Zeit zum Nichtstun. Lesen
war für sie immer das Höchste, aber für alle anderen in
ihrer Familie nur vertane Zeit. Sie blättert ein paar Seiten weiter.

Dies ist ein Herbsttag, wie ich keinen sah!
Die Luft ist still, als atmete sie kaum,
und dennoch fallen raschelnd, fern und nah,
die schönsten Früchte ab von jedem Baum.
(*Herbstbild* von Friedrich Hebbel)

Der Einzige, der ihr einmal ein Gedicht geschenkt hat, war Max. Kurz bevor sie Hans geheiratet hat, steckte er es ihr heimlich zu. Es muss so um ihren neunzehnten Geburtstag herum gewesen sein. Mein Gott, wie unerfahren und naiv sie damals war. Aber dieses Gedicht hat sie nie vergessen. Sie kann es noch immer auswendig.

Wie soll ich meine Seele halten, dass
Sie nicht an deine rührt? Wie soll ich sie
hinheben über dich zu andern Dingen?
Ach gerne möchte ich sie bei irgendwas
Verlorenem im Dunkel unterbringen
an einer fremden, stillen Stelle, die
mich weiterschwingt, wenn deine Tiefen schwingen.
Doch alles, was uns anrührt, dich und mich,
nimmt uns zusammen wie ein Bogenstrich,
der aus zwei Seiten eine Stimme zieht.
Auf welches Instrument sind wir gespannt?
Und welcher Geiger hat uns in der Hand?
O süßes Lied.
(*Liebes-Lied* von Rainer-Maria Rilke)

Wie ihr Leben wohl verlaufen wäre, wenn sie damals nicht schon von Hans schwanger gewesen wäre? Und wenn Max nicht seine Rosa kennengelernt hätte? Für Wenn und Aber hat es nie Zeit in Annas Leben gegeben. Als Kind musste sie auf dem Feld und im Haushalt mithelfen. Später dann die Ausbildung im Krankenhaus, gleich danach die Hochzeit mit Hans, fünf Kinder und halbtags weiterarbeiten, weil das Geld nicht reichte. Herumsitzen und in Büchern schmökern war kaum drin.

Als ihre Jüngste endlich aus dem Haus war, zog der Schwiegervater im Kinderzimmer ein: Ein Pflegefall, der ihre ganze Kraft kostete, dazu die Enkelkinder und ihr Mann, der fast genauso viel Zeit beanspruchte wie sein Vater.

Jetzt sind die beiden Männer tot, die Enkel erwachsen, sie ist von den Kindern im Pflegeheim untergebracht worden. Anna ist jeden Tag ihres Lebens dankbar dafür. Sie liest wieder ein paar Zeilen :

Wie jede Blüte welkt und jede Jugend
dem Alter weicht, blüht jede Lebensstufe,
blüht jede Weisheit auch und jede Tugend
zu ihrer Zeit und darf nicht ewig dauern.
(*Stufen* von Hermann Hesse)

Ewig hat die Zeit mit Max wirklich nicht gedauert, gerade mal zwei Wochen voller Heimlichkeit waren es gewesen, weil sie sich von ihren Verpflichtungen Zuhause wegstehlen musste. Anna lächelt versonnen. Dann seufzt sie zufrieden. Endlich muss sie sich um nichts mehr kümmern, hat nicht mehr die Verantwortung für andere. Nicht, dass sie das Gefühl hat, ihr Leben wäre hart oder gar schlecht verlaufen, aber gerade weil sie so wenig Zeit für sich selbst hatte, genießt sie diese letzten Jahre besonders.

Einmal in der Woche kommt eine Angestellte aus der Bücherei mit einem Rollwagen voller Bücher und sie kann sich so viele ausleihen, wie sie mag. Manchmal nimmt sie einen ganzen Stapel, manchmal nur zwei oder drei. Am liebsten sind ihr Gedichtbände.

Gestern Abend hat sie in den Lieblingsgedichten der Deutschen geblättert und entdeckt, dass IHR *Liebes-Lied* Rainer Maria Rilke geschrieben hat. Dabei glaubte sie dreiundsechzig Jahre lang, Max hätte es gedichtet.

Sie muss lachen. Typisch für ihn, dass er es nicht dazugeschrieben hat. Und typisch für sie, dass sie zweiundachtzig Jahre werden musste, um diesen Irrtum zu bemerken.

Ob dieser Rainer-Maria Rilke seine Liebe halten konnte?

Anna legt für eine Weile ihr Buch aus der Hand und schaut den Bäumen beim Grünen zu.

Niemand hört es gern,
dass man Greis ihn nennt.
Johann Wolfgang von Goethe

Frühlingsgrün

»Grashalme, Ahornblätter, Löwenzahn, Bärlauch, Spitzwegerich.«

Der alte Wagner sitzt auf der Parkbank und katalogisiert die Grüns des Frühlings. Er spricht laut mit sich selbst, ist ganz versunken im Farben- und Zahlenrausch. Zählen ist eine Beschäftigung, die ihm Spaß macht und ihn von seinen Sorgen ablenkt. Sein Hund, der neben ihm sitzt, ist dieses seltsame Spiel gewohnt, gleichmütig hört er seinem Herrchen zu.

Noch lieber würde Herr Wagner mit Anja Maier am Weiher sitzen oder ihr beim Baden zusehen. Aber mit achtundsiebzig stehen ihm Parkbank und Selbstgespräche zu. Das hat sie ihm heute Morgen erst ganz unmissverständlich klargemacht. Er seufzt bekümmert.

Dem pensionierten Oberstudienrat kommt das Leben immer öfter so vor wie eine öde Wüstenlandschaft. Viele Gläser schweren, roten Wein und oft sogar hochprozentigen Schnaps muss er trinken, wenn er nicht verdursten will. Heute hat er Geburtstag und gleich morgens einen Himbeergeist gekippt, um nicht über sein Dasein nachgrübeln zu müssen. Ausweglos scheint es oftmals, weil das Alter keinen Spielraum mehr lässt.

Sein Leben war nicht schlecht, aber oftmals eine zähe Angelegenheit: Unterrichten, lausig schlechte Arbeiten korrigieren und immer dieses Gefühl, selbst nicht genug zu wissen.

Jetzt, mit achtundsiebzig, hat er endgültig die letzten nagenden Gewissensbisse über Bord geworfen. Er wird keine Fremdsprache mehr lernen, den Umgang am PC nicht mehr trainieren und sein vom Arzt verordnetes Fitnesstraining absolviert er schon lange nur noch in minimalistischer Ausführung. In seinem Alter muss er sich über gar nichts mehr Gedanken machen und braucht niemandem mehr etwas zu beweisen. Was er heute anpackt, sollte Spaß machen, sonst lohnt es sich nicht mehr, damit zu beginnen. Viel Zeit bleibt ihm nicht.

La vita e troppo breve, per bere vini cattivi (Das Leben ist zu kurz, um schlechten Wein zu trinken), meinte auch Goethe. Das ist der wichtigste Satz in einer Fremdsprache, den er noch nach seiner Pensionierung gelernt hat. Er stand auf einer exzellenten Flasche Chianti, die ihm sein Nachbar aus dem Toskanaurlaub mitgebracht hatte. Der Nachbar aus dem Reihenhaus nebenan. Sie haben oft bei einem Glas Wein zusammengesessen. Vor einem Jahr ist er gestorben. Jetzt wohnt dort ein junges Paar, das er selten zu Gesicht bekommt. Die beiden haben nie Zeit, es reicht nur für ein kurzes *hallo*, das sie ihm manchmal über den Zaun werfen.

Seine eigene Zeit dagegen wird immer mehr. Er streckt sich in der warmen Sonne. Dem Dackel bekommen die Sonnenstrahlen auch sehr gut. Zu gut eigentlich. Er ist seit geraumer Zeit damit beschäftigt, das linke Hosenbein seines Herrchens zu begatten. Ganz erstaunlich, wenn man bedenkt, dass er schon neun Jahre alt ist. Der alte Wagner rechnet nach: Sieben mal neun ist dreiundsechzig. Neun Hundejahre ergeben dreiundsechzig Menschenjahre. Noch ziemlich jung eigentlich. Zumindest, wenn er den Dackel mit sich selbst vergleicht. Wäre er ein Hund, würde er heute seinen fünfhundertfünfundsechzigsten Geburtstag feiern. Den Mathelehrer kann er nicht verleugnen.

Und gerne betrachtet er sich und andere aus der Distanz, zum Beispiel dieses unglaublich junge Grün des Frühlingstages. So viele Grüns, die er mit pedantischer Genauigkeit zählen kann. Er ist gespannt, wie viele es heute noch werden.

Es ist ein Zeitvertreib, wie das Beten. Das macht er auch oft. Zwiesprache halten mit einem Herrgott, von dem er nicht mal weiß, ob es ihn gibt. Aber es ist ein tröstliches Gefühl, sich auszumalen, dass seine Frau Clara bei einem Gott im Himmel lebt und von ihm beschützt und geliebt wird. Jetzt, wo Max das nicht mehr selbst tun kann, braucht er die höhere Instanz.

Während seiner Kindheit hat er viele Stunden in der Kirche verbracht. Jeden Sonntagvormittag musste er eine Stunde absitzen und an die unendlich langen Gottesdienste an Weihnachten, Ostern und Pfingsten mag er nicht einmal denken. Damals hat er sich geschworen, nie wieder einen Fuß in eine Kirche zu setzen, wenn er einmal selbst entscheiden darf. Alles Betteln, daheim bleiben zu dürfen, hatte nichts genutzt, auch das Vortäuschen von Kopfweh, Fieberattacken und Hustenanfällen hatte ihn nicht vor den sonntäglichen Predigten bewahrt.

Bis zu seinem vierzehnten Lebensjahr war der Sonntagsgottesdienst Pflicht gewesen. Dann starb seine Mutter an Brustkrebs und mit der Gläubigkeit seines Vaters war es vorbei. Er hat nach deren Tod mit seinem Herrgott gehadert und jede Form von Christenpflicht verweigert. Nicht einmal kirchlich bestattet wollte er werden. Mit zweiundneunzig Jahren ist er verbittert und ohne Hoffnung auf irgendetwas gestorben. Trotzdem hat er seinem Sohn dieses Vermächtnis hinterlassen: Max Wagner ist in seinem tiefsten Inneren ein Christ geblieben und ist neugierig auf das, was nach dem Sterben kommt.

Viele Male am Tag betet er. Wenn ihm die Stille in seiner Wohnung zu groß wird, spricht er die Gebete laut. An manchen Tagen erzählt er seinem Gott, von dem er sich kein wirkliches Bild machen kann, von seinen Ängsten und manchmal spricht er nur das *Vater unser*, so wie er es als kleiner Junge schon jeden Abend mit seiner Mutter gebetet hat.

Das ist lange her, achtundsiebzig Jahre wird er heute.

Die Geschenke der Familie werden immer praktischer, je älter er wird. Eine Wärmflasche und lange Unterhosen von Claras Schwester. Wie heißt sie noch? Ihren Namen hat er vergessen. Von der Pflegestation des Roten Kreuzes hat er Vitaminpastillen bekommen und eine kleine Schachtel Diätpralinen mit Zuckeraustauschstoffen von seiner Tochter Melanie, die, obwohl sie in der gleichen Stadt wohnt, ein Päckchen geschickt hat.

Nicht oft in seinen vorangegangenen Lebensjahren hat

er sich die Zeit genommen, draußen zu sitzen. Während seiner Studien- und Arbeitsjahre sowieso nicht, und später dann, zu Beginn seiner Rentenzeit, hat ihm seine Frau Clara, Gott habe sie selig, Beine gemacht, wenn er unbeschäftigt herumgesessen ist.

Sauerampfer, Birke, Tanne. Beim Kleeblattgrün gehen ihm zum zweiten Mal die Finger aus beim Zählen. Er fühlt sich leicht, heiter und sanft, wie früher nach dem Lösen einer schweren Textaufgabe oder wie das Löwenzahnschirmchen, das himmelwärts an ihm vorüberschwebt.

Und dann denkt er an Anja Maier, die täglich um acht Uhr fünfzehn zum Waschen und zum Zuckermessen kommt. Er staunt beim Erinnern, wie klein und einzigartig sich ihre junge Hand in seiner angefühlt hat, als sie ihm heute Morgen gut gelaunt und lachend gratulierte. Die gute Laune ist ihr dann ziemlich schnell vergangen. Doch daran will er sich nicht erinnern, stattdessen denkt er an den Schmetterling auf ihrem linken Schulterblatt. Er kann ihn manchmal sehen, wenn beim Arbeiten der Ausschnitt ihres knappen T-Shirts seitwärts rutscht. Mit dem Grün der Tätowierung startet er den dritten Durchgang seiner Zählung, dann kommen Wiesenschaumkraut, Schlehenhecke und eine flaschengrüne Scherbe. Auf der Suche nach Nummer fünfundzwanzig nickt er, müde geworden, für ein Viertelstündchen ein. Beim Aufwachen steht Schweiß auf seiner Stirn. Sanft streicht er dem Dackel über Kopf und Rücken, kramt nach einem Leckerli in seiner Jackentasche und findet dabei den Jade-Ohrring.

Der Dackel Albert Einstein und Max Wagner passen gut zusammen. Die meisten Menschen ähneln im Laufe der Jahre ihren Hunden. Sie sehen oft sogar genauso aus. Das trifft aber bei diesem Dackel und seinem Herrchen nicht zu. Da müsste Einstein ein Windhund sein oder irgendeine andere langbeinige Rasse. Nur die Stirnfalten sind gleich. Und der treuherzige Blick, beim einen rehbraun, beim anderen wasserblau. Zusammen passt auch, dass Max so gut mit Einstein reden kann und dieser ohne Widerrede zuhört. Wenn Max erzählt, legt der Hund manchmal die Ohren an und winselt zustimmend. Dann zieht Max ein Leckerli aus der Tasche, Einstein bellt erfreut und leckt ihm freundschaftlich über den Handrücken. Sie sind ein eingespieltes Team.

Nachdenklich schaut Max auf den jadegrünen Ohrring in seiner Hand. Heute Morgen baumelte der Schmuck noch an Anjas linkem Ohr. Sie hat sich ziemlich stark gewehrt, als er sie küssen wollte. Vielleicht lag es an dem Schnapsgeruch, denn sie kann es nicht leiden, wenn er getrunken hat. Er kann sich nicht genau erinnern. Aber in seinem Kopf gibt es ein Bild von ihrem Hinterkopf auf der Kante des Küchentisches. Und ein weiteres von ihrem Blick, der starr und unerbittlich in Richtung Decke geht. Oder war die Szene aus dem Tatort letzten Sonntagabend?

Bekümmert sucht der Oberstudienrat nach einem Taschentuch und schnäuzt sich heftig. Das Jadegrün des Ohrrings ist Nummer sechsundzwanzig beim Weiterzählen der Farben, dann kommt ein Veilchenblatt und drüben an der Hecke das zarte Hell der Schlehen. Viel später, bei Nummer siebenunddreißig, – es ist ein Grünling, der vergnügt von Baum zu Baum fliegt –, fährt unten vor dem Reihenhaus ein Wagen vor. Das Blaulicht auf dem Dach ist nicht eingeschaltet, aber er weiß, dass er Besuch von einem Polizeibeamten bekommen wird. Mühsam steht er auf, gestützt auf seinen Stock.

»Komm, Einstein, mal sehen, ob die Polizei auch ein Geschenk für mich vorbeibringt.«

Gebeugt schlurft er hinunter. Neben ihm trottet der alte Hund.

Krähen in den Bäumen

»Meine Fußsohlen waren schorfig und voller Horn-
haut. Die Fußnägel eingerissen und blau vor Kälte. Aber
Barfußlaufen gehörte zu den besten Dingen, an die ich
mich in meiner Kindheit erinnern kann«, sagte Oma
Tilda und dehnte ihre nackten Zehen genüsslich in der
frischen Morgenluft. »Wir hatten kaum Geld damals.
Schuhe waren Luxus, genauso wie Bücher kaufen oder
Tinte für den Füller. Ich habe früher oft geweint, weil
ich mir nichts sehnlicher wünschte, als in die Schule zu
gehen, anstatt auf dem Feld mitzuhelfen.«

Schön waren die Nägel auch heute nicht. Ihre Strümp-
fe lagen sauber aufgerollt neben den Schnürschuhen.
Sie blinzelte zufrieden in die noch tief stehende Sonne,
strich gedankenverloren über das offene Haar ihrer Enkelin. Es war das erste Mal seit Langem, dass sie wieder
so froh und gelöst wirkte wie früher.

»Ach Kind, wie schön, dass du mal wieder da bist.«
Nach einer Weile fügte sie hinzu: »Ich schaffe es so gut
wie nie, mal rauszukommen in den Wald. Die Arbeit
wächst mir über den Kopf. Du weißt ja, dass dein Opa
sich schwertut mit allem.«

Mona nickte.

»Ich habe euch und das hier vermisst.« Sie machte eine weit ausholende Geste, die Wald, Haus, Wiese und Stall einschloss.

»In der Straße, in der ich wohne, hocken nur Tauben auf den Fenstersimsen. Nicht mal Spatzen und Meisen gibt es. Die Enge in der Stadt frisst einem die Flügel.«

»Und deine Arbeit in der Schule?«

»Die Kinder sind heute nicht mehr so wild aufs Lernen wie früher. Es macht nicht oft Spaß mit ihnen.«

»Weinst du deshalb im Schlaf?« Oma Tilda sah Mona prüfend an. Genau den gleichen Blick hatte sie, wenn sie mit der Gabel in die kochenden Kartoffeln stach und nachsah, ob sie durch waren oder noch eine Weile brauchten, um gut zu sein.

»Kann sein. Niemand weiß, warum er etwas träumt.«

Sie schwiegen und schauten den Ameisen zu, die über ihre Zehen krabbelten.

Tilda und Mona hatten beide schlecht geschlafen in dieser Nacht. Sie trafen sich beim Hinausschleichen, leise, um den Großvater nicht zu wecken. Als lägen nicht zehn Jahre dazwischen, hatten sie in schweigendem Einvernehmen ihre Wanderkleidung angezogen, ein Taschenmesser eingesteckt, jede einen der Weidenkörbe gepackt und waren losgezogen in Richtung der eng stehenden Tannen hinter dem hohen Weidezaun am südlichen Ende der Wiese.

Am frühen Morgen war es im Wald am schönsten – Vogelgesang und unverbrauchte Luft, dazu das seidenweiche Licht der aufgehenden Sonne zwischen dunklen Stämmen.

Als ihre Körbe halbvoll waren mit Maronen, Steinpilzen, gelben Pfifferlingen und Rotkappen, hatten sie sich auf den Rückweg gemacht, am Waldrand schweigend die Schnürsenkel gelöst und waren dann ohne Schuhe über die Wiese, die noch immer feucht vom Tau war, zurückgelaufen.

Mittags gab es Pilzgulasch mit Semmelknödeln. Opa musste gefüttert werden, immer wieder lief ihm die Sahnesoße aus dem Mundwinkel. Mona wischte sie mit der Leinenserviette weg, versuchte den sauren Geruch, den er ausströmte, zu ignorieren.

»Lecker, schmecker, Zuckerbäcker«, sagte er bei jedem Bissen mit kindlich hoher Stimme.

Als sie ankam, hatte er »Grün, grün, grün sind alle meine Kleider« gesungen.

»Er lebt nur noch in der Kindheit«, flüsterte Oma ihr zu und zuckte entschuldigend mit der Schulter.

»Lass mich das machen«, sagte Oma Tilda, nahm ihr den Löffel aus der Hand und schob ihn ihrem Mann zwischen die Lippen.

»Ihr solltet euch Hilfe holen«, sagte Mona, »jemanden, der die Stallarbeit macht und dir bei der Pflege unter die Arme greift.«

»Hier draußen will keiner sein. Viel zu abgelegen.« Die Resignation in ihrer Stimme tat Mona weh.

»Auf Dauer kannst du es nicht allein schaffen.«

»Bei den Schafen und Hühnern hilft mir der Breitenbacher Willi. Garten und Haushalt kriegen wir noch eine Weile allein hin. Manchmal vermisse ich nur jemanden, mit dem ich mich unterhalten kann.«

»Lecker, schmecker, Zuckerbäcker«, sagte Opa und sperrte den Mund auf, um sich den nächsten Löffel Pilzgulasch in den Mund schieben zu lassen.

Der Breitenbacher Willi war ein Nachbar. Schon immer hatte er nach der Arbeit im Stall mitgeholfen. Gegen Bares oder für Fleisch, wenn eines der Schafe geschlachtet wurde. Mittlerweile war er Rentner, er musste mindestens siebzig sein.

»Hm«, sagte Mona und versuchte nicht daran zu denken, wie hoch der Mist im Stall gelegen hatte und wie muffig es in den Küchenschränken roch, ganz zu schweigen von den Spinnweben überall.

»Ich könnte bleiben«, sagte sie abends, als Opa vor dem Fernseher schlief und Oma Tilda Johannisbeeren von den Rispen zupfte, die sie gemeinsam am Nachmittag abgeerntet hatten.

»Und die Kinder in der Schule?«

»Im Herbst wird mein Vertrag nicht mehr verlängert. Ich muss mich neu bewerben. Ein Schuljahr auszusetzen wäre kein Problem.«

»Kommt nicht in Frage«, brummte Oma, aber als sie aufschaute, leuchtete in ihren Augen ein Hoffnungsschimmer, den Mona vorher nicht darin gesehen hatte.

Am nächsten Morgen wurde sie von Tildas heiseren Hilferufen geweckt. Sie musste schon ziemlich lange geschrien habe. Mona hatte in dieser Nacht traumlos und tief geschlafen. Tilda war aus dem Bett gefallen, kam nicht mehr allein hoch. Bis Mona bei den Nachbarn geklingelt hatte und Willi ihr half, sie in den Sessel zu hieven, dauerte es ziemlich lange. Sie frühstückten im

Wohnzimmer, Oma Tilda gab ihr Anweisungen, um Großvater seine Medikamente einzuflößen, sagte ihr, wie sie seinen Reisbrei zu kochen hatte, redete beruhigend auf ihn ein, als er sich nicht von seiner Enkelin füttern lassen wollte. Danach schlief sie eine Weile.

Ihr Oberschenkel war stark geschwollen, sie hatte Schmerzen. Mona konnte es an den zusammengezogenen Augenbrauen sehen und wie sie die Luft einzog beim Atemholen.

»Ein Arzt kommt nicht in Frage«, stöhnte sie. Aber gegen Mittag merkten beide, dass es nicht mehr ging. Sie mussten nicht viel reden, in schwierigen Situationen hatten sie sich schon immer wortlos verstanden.

»Pass auf ihn auf«, sagte Tilda, als die Sanitäter sie auf die Bahre legten und vorsichtig über die Steinstufen nach draußen transportierten. »Du weißt doch, wie sehr er mich braucht.« Und dann der leise Satz: »Mein Gott, wie ich ihn vermissen werde.«

»Mach dir keine Sorgen.«

Sie strich der Älteren übers Haar, wie diese es gestern bei ihr getan hatte. Es fühlte sich weich und zerbrechlich an.

Als der Krankenwagen aus dem Hof fuhr, flog ein Meisenpärchen erschrocken auf. Sie schimpften aufgeregt hinter der Staubwolke her, die das Auto aufwirbelte.

Langsam ging Mona ins Haus zurück.

»Grün, grün, grün ist alles, was ich habe«, sagte Opa mit seiner kindlichen Singsangstimme.

»Tilda musste ins Krankenhaus.«

»Weil mein Schatz ein Jägermeister ist«, sang Opa,

nahm sein Gebiss aus dem Mund und legte es auf die Tischdecke.

Als sie aus dem Fenster blickte, konnte sie am Waldrand eine Krähe auffliegen sehen. In diesem Moment wusste sie, dass sie bleiben würde.

Nachdenklich ging sie nach draußen, setzte sich auf die Bank neben der Eingangstür, löste die Schnürsenkel ihrer Schuhe, schlüpfte aus den Strümpfen und dehnte ihre nackten Zehen im warmen Licht der Abendsonne.

Einen alten Baum verpflanzt man nicht.
Deutsches Sprichwort

Der Umzug

Neues verwirrte Herbert. Er saß auf der Terrasse des Hauses, das jetzt seine Heimat sein sollte. Zweifelnd, denn er traute der Idylle nicht, in der er gelandet war. Außerdem wusste er nicht, warum er hier war und wem das Haus gehörte. Es war einer von diesen unverständlichen Tagen, in denen ihm die Gegenwart mit der Vergangenheit durcheinanderwirbelte wie ein Blatt im Herbststurm.

Konnte er dieser Frau trauen, die ihn heute Morgen zum Auto geführt hatte und ihn in einer Horrorfahrt hierhergebracht hatte? In dieses fremde Haus. Sie war die schlechteste Autofahrerin, die er kannte und sie hatte behauptet, seine Tochter zu sein.

In dem Zimmer, das er bewohnen sollte, roch es nach Lavendel und Kamille. Wie früher, als er bei seiner Großmutter auf deren Aussiedlerhof im Frankenwald den Sommer verbringen musste. Die Mutter hatte ihn in den Ferien hingebracht. Die Fahrt war endlos lang und langweilig gewesen, aber von einer lauernden Angst begleitet, weil er wusste, dass sie wieder allein abfahren würde. Sie ließ ihn zurück bei der alten Frau, die er kaum kannte. In allen Schränken hatte die bucklige Alte Säckchen mit Düften aufgehängt. Er musste zu ihr Oma Lina sagen, obwohl er sie fürchtete. Zumindest am Anfang. Später, nach ein paar Wochen, als er sich an die Hässlichkeit der alten Frau gewöhnt hatte, war auch der Geruch in den Schränken erträglicher geworden. Aber anfangs fürchtete er, daran zu ersticken.

Heute Morgen war es ihm ähnlich gegangen. Für ein paar Augenblicke hatte er gedacht, Oma Lina müsste in dem Gästezimmer mit den staubgrauen Vorhängen im Ohrensessel sitzen und auf ihn warten. Unbewusst hatte er den Kopf tief zwischen die Schultern gezogen. Sie hatte flinke Hände gehabt und ihm schneller, als er bis drei zählen konnte, eine Ohrfeige verpasst, wenn er mit seinen Draußenschuhen ins Haus gelaufen kam. Vor der Eingangstür hatten Filzpantoffeln gestanden, die weit und ausgetreten waren. Seine kleinen Füße waren hilflos darin herumgeschwommen und er hatte sich tollpatschig, wie ein junger Hund gefühlt.

Als er fragte, ob er hier auch Hausschuhe tragen müsse, hatte die Frau, die ihn hergebracht hatte, nur verständnislos geschaut. Sie hatte seine Kleidung in den Schrank geräumt und ihn dann hier draußen, auf der Terrasse, abgesetzt. Wie damals seine Mutter. Die hatte ihn auch zum Spielen in den Garten geschickt.

Die Fassade des Hauses, in dem er nun wohnen sollte, war über und über mit Efeu bewachsen. Das gefiel ihm. Weniger gefiel ihm die alte Frau im Rollstuhl. Sie hockte mit starrer Miene neben der Eingangstür. Wie ein Zerberus, der den Weg zur Hölle bewachte. Und sie nahm keine Notiz von ihm. In einer Hand hielt sie einen Stift, an dem sie nervös herumkaute. Auf ihrem Schoß lag eine Tüte Bonbons. Gedankenverloren nahm sie ab und zu den Stift aus dem Mund und schob sich eine der Süßigkeiten hinein.

Herbert konnte nicht erkennen, welche Sorte es war, aber er musste laufend an Zitronenbonbons denken. Die Spucke lief ihm im Mund zusammen, er konnte den Geschmack von Süßem auf der Zunge spüren. Seit er an Diabetes erkrankt war, hatte er oft ein unstillbares Verlangen nach Zucker.

Er traute sich nicht aufzustehen und an ihr vorbei zu laufen. Sie sah böse aus. Bisher war das kein Problem gewesen. Die Holzbank mit den bunt gemusterten Kissen war bequem und die Wiese vor ihm leuchtete in saftigem Grün.

Aber jetzt musste er dringend pinkeln. Seine Blase schmerzte schon, so sehr strengte er sich an, den Harndrang zurückzuhalten. An dem Rollstuhl würde er nicht vorbeigehen, das wusste er sicher. Also blieb nur das Gebüsch. Er sagte sich, dass überhaupt nichts dabei wäre, in den Garten zu pinkeln. Aber trotzdem wartete er so lange, bis ihm klar war, dass er es gerade noch schaffen würde, bis zu dem nächstliegenden Busch zu kommen. Aber nur, wenn er keine Sekunde länger warten würde.

Unsicher stand er auf und tappte hinüber. Er tat so, als wäre die Alte gar nicht vorhanden. Weil er keinen Blick in ihre Richtung warf, war er völlig überrumpelt, als sie bei seinem Zurückkommen neben der Bank stand. Ihr Rollstuhl glänzte im Licht der Mittagssonne und ihr Gesicht hatte den starren Ausdruck verloren. In ihren Augen glitzerte Interesse und eine Spur Neugier.

»Gefällt es dir hier?«, fragte sie mit einer Stimme, die so tief klang, als würde sie im Keller wohnen.

Er glaubte nicht, dass sie auf ihre Frage eine ernsthafte Antwort erwartete. Was sollte ihm hier gefallen?

»Wenn Sie nett wären, würden Sie mir wenigstens ein Bonbon anbieten« sagte er grimmig.

»Bin ich sogar.« Sie hielt ihm die Tüte entgegen.

»Hm, Gummibärchen. Darf ich die Grünen nehmen?« Gierig griff er mit beiden Händen nach den Süßigkeiten. Rote, gelbe, grüne, welche Sorte gab es am häufigsten? Als seine Kinder klein waren, hatten sie immer Gummibären-Zählen gespielt. Seine Tochter wollte immer die Roten. Er musste lächeln bei der Erinnerung und schüttete, ohne nachzudenken, der verblüfften Frau die Süßigkeiten in den Schoß. Eifrig begann er die klebrigen Figürchen in Farbhaufen zu sortieren. Immer von jeder Farbe eines, bis nur noch zwei Rote und ein Grünes übrig blieben.

»Hab ich's doch gewusst. Es gibt mehr Rote als Gelbe.« Zufrieden betrachtete er das Ergebnis und schob sich dann das übrig gebliebene Grüne in den Mund. Die zwei Roten überließ er großzügig der Frau.

Er lächelte noch immer glücklich und sie lächelte zurück.

»Sie sind doch netter als Oma Lina!«

Hatte er es gesagt oder nur gedacht? Die Frau schien jedenfalls keine Einwände zu haben. Sie schaute zufrieden den Spatzen vor ihren Füßen zu, die der davonfliegenden Bonbontüte hinterherhüpften. Es war ein windiger Tag.

Als sie eine weitere Tüte mit Gummibären aus ihrer

Jackentasche holte, zog erneut ein Lächeln über sein Gesicht, breitete sich bis hinauf in seine Augenwinkel aus.

»Wenn Sie wollen, lade ich Sie heute Abend auf ein Glas Rotwein ein.«

»Mal sehen«, sagte sie, öffnete die Tüte und reichte ihm ein grünes Bärchen.

Alle wollen alt werden,
aber keiner will es sein.

Gustav Knuth

Reise in die Vergangenheit

Sie rührt sich nicht. Den Mantel schon zugeknöpft, würde sie sich am liebsten in den verschlissenen Polstern der Regionalbahnsitze verkriechen. Seit den letzten beiden Haltestellen sitzt sie allein im Abteil, in dem es nach Schweiß riecht und die Luft beklemmend warm ist. Noch fünf Minuten, es gibt keine Verspätung, der Zug wird schon langsamer.

Splitter von gelebter Zeit im Blick aus dem Fenster: Häuserfassaden, der Güterbahnhof, den Weg vorbei am Hofbräuhaus ist sie oft gegangen. Auch mit ihrem ersten Freund. Er hatte glitzernde Tropfen im Haar. Es regnete an dem ersten Abend, als er sie nach Hause brachte. Für eine kurze Zeit war sie durchsichtig gewesen für ihn, alle ungesagten Worte, alles Vokabular war berechenbar, geschmiedet an eine Zukunft ohne Fortgang der Dinge und des Lebens. Damals war sie so alt wie heute ihre jüngste Enkeltochter. Der Gedanke an Rena lässt sie lächeln.

Sie sieht es im Spiegel der nächtlichen Scheibe. Auch heute ist ein regnerischer Tag. Verschwommen kann sie die Umrisse der Stadt erkennen. Die Schienen verlaufen entlang ihres früheren Schulwegs. In ihrer Kindheit war hier eine Schranke. Wenn sie mit ihrem Schulranzen davorstand und nicht erwarten konnte, dass der Zug endlich durch war, sahen die Reisenden aus, wie man aussieht, wenn man hinausschaut. Ist sie auch unsichtbar? Hört nur sie den eigenen Atem? Wird sich ihr Leben schon bald in den kindlichen Spuren verlieren?

Das Rattern des Zuges trägt schon seit Stunden die Gesichter und Namen von Vergessenen. Die Distanz zu dieser Stadt schwindet mit dem Näherkommen. Die Gestik, wenn die Eltern sich freuten, ist noch gegenwärtig, aber auch ihre vorwurfsvollen Blicke, meist ohne Worte. Es hat seinen Grund, dass sie über die Jahrzehnte das Zurückkommen gemieden hat. Dass es dann ihre einzige Tochter hierher verschlagen sollte, ist eine arglistige Laune des Schicksals.

Sie seufzt und schließt den obersten Knopf am Mantelkragen. Wer soll schon das Leben verstehen?

Parallel zu den Schienen verläuft die Straße. Bremslichter der Autos leuchten wie der Klatsch und Kleinstadtmief von damals. Sie weiß, was auf sie zukommt, und die Uhr tickt wie eine Würgekette an ihrem Handgelenk. Mit quietschenden Bremsen hält der Zug, die Tür klemmt beim Versuch des Öffnens.

Erst die verfrorenen Gestalten am Bahnsteig und der Geruch im Haar ihrer Tochter lassen sie wieder freier atmen.

»Wo ist dein Koffer?«

Die Frage reißt sie aus dem Duft der Jungen. Hatte sie ein Gepäckstück? Wenn ja, war es noch dabei, als sie in Bamberg zum letzten Mal umsteigen musste? Ratlos zieht sie an den Trägern der Umhängetasche, die dickbauchig an ihrer rechten Schulter hängt. Schwer ist sie, aber zu wenig für diese lange Reise mit ungewisser Dauer. Das Wissen um Koffer oder Reisetasche ist in dichten Nebel gehüllt. Aber sie kann sich genau erinnern, wie sie Zuhause vor ihrem Schrank gestanden hat, sieht die vom Licht gedunkelte Kiefernholztüre vor sich, die abgespeckten Stellen, dort, wo sie mehrmals am Tag hin fasst, um ihn zu öffnen, um Kleidung herauszunehmen oder noch saubere, bereits getragene Anziehsachen ordentlich wieder zurück auf die exakt ausgerichteten Bügel zuhängen. Blusen neben Blusen, Hosen zu Hosen, Kleider ganz links, weil dort die Regalbretter des Schrankes weiter unten beginnen und die langen Röcke nicht aufstoßen und knittern.

Dieses Wissen ist exakt gespeichert. Aber die Kenntnis über den Verbleib des Koffers ist in einem riesigen schwarzen Loch versunken.

Sie spürt Tränen aufsteigen, kriecht noch enger in die Tiefen ihres Mantels. Hinter ihr setzt sich der Zug in Bewegung, fährt weiter in Richtung Sonneberg. Vielleicht mit ihrem Koffer in dem muffigen Abteil, in dem keiner mehr sitzt.

»Wir werden uns darum kümmern«, sagt die Tochter, nimmt die alte Frau an der Hand und dirigiert sie zu den Steintreppen, die hinunter in die Bahnhofshalle führen. »Rena wartet im Auto. Sie freut sich auf dich!«

»Rena?«

Wieder dieses Erschrecken. Für einen Moment kann sie mit dem Namen nichts verbinden, fragt sich, von wem wohl die Rede sein könnte. Dann ein Aufatmen, als es ihr wieder einfällt.

Die Hand der Tochter legt sich beruhigend in ihre, als würde sie die Angst vor den schwarzen Löchern kennen, diese Angst, die sie aufzufressen droht und in ihrem Leben keine Farben mehr leuchten lässt.

»Ich halte es bald nicht mehr aus. Warum ...« Sie verstummt, weiß nicht, was sie fragen wollte.

»Beruhige dich. Wir sind doch jetzt da. Wir werden uns für dich miterinnern.«

»Das ist nicht dasselbe.«

»Ich weiß.« Die Zärtlichkeit in der Stimme ihrer Tochter gibt ihr wieder ein bisschen Mut.

»Am Regen habe ich die Stadt sofort wiedererkannt«, sagt sie und muss weinen.

Nicht das Alter ist das Problem,
sondern unsere Einstellung dazu.
Marcus Tullius Cicero

Friedhofstreffen

Ihre Treffen waren immer regelmäßig gewesen. Nur das mit dem Friedhof war neu. Als Kinder spielten sie schon gemeinsam Himmel und Hölle auf dem Hof in der Siedlung am Stadtrand, dann folgte die Zeit beim BDM, nicht mehr ganz so spontan und freiwillig, aber sie waren auch dort eine unzertrennliche Viererbande. Während des Krieges hatten sie sich zeitweilig aus den Augen verloren, aber in den 60er-Jahren, nach Wiederaufbau und Familiengründung, trafen sie sich am Freitagnachmittag wieder regelmäßig im Café. Seitdem waren ihre Zusammentreffen nie mehr abgerissen.

Sie trafen sich, seit sie nicht mehr arbeiteten und die Kinder aus dem Haus waren, sogar mehrmals die Woche. Freitags immer im Café *Schubarth*, dort hatten Erika, Sophia, Maria und Elisabeth ihren eigenen Stammtisch mit einem kleinen Wimpel neben dem Aschenbecher auf dem Die *Plaudertaschen* stand. Maria mochte solche festgefahrenen Rituale wie Stammtisch und Wimpel nicht, sie wollte gern mal in ein anderes Café wechseln, aber mit ihrem Ansinnen stieß sie in der Runde auf strikte Ablehnung. Traditionen müssten schließlich gepflegt werden und der Mensch ist ein Gewohnheitstier, sagten die drei anderen unisono und damit gab es keine weiteren Diskussionen zu diesem Thema.

Überhaupt waren die Gespräche zunehmend versandet mit den Jahren, was auch daran lag, dass sie sich so genau kannten, dass sie fast immer schon wussten, was Maria sagen wollte, wenn sie ihren Satz mit »Wenn ihr ehrlich seid, waren wir immer auf der Sonnenseite…« anfing. Dann folgte eine Aufzählung der gemeinsam gemeisterten Widrigkeiten und Herrlichkeiten des Lebens, bunt ausgeschmückt und lebhaft vorgetragen. Diese verbalen Ausschweifungen endeten immer mit einem »Dann lasst uns mal auf die alten Zeiten anstoßen, liebe Freundinnen. So jung kommen wir nicht mehr zusammen…«

Alle hoben dann die Kaffeetassen oder manchmal auch ein Glas Prosecco oder Sekt, nur Erika schaute meist gedankenverloren in ihre Tasse und murmelte »halbleer oder halbvoll, bei mir war sie immer halbleer«. Sie hatte oft depressive Phasen, erzählte dann stundenlang von Emil Werner, der schön und geheimnisvoll wie Hans Albers ausgesehen hatte und sie nach Kriegsende mit einer kaugummikauenden Amibraut betrog. Erika betrank sich dann meist, was bei ihr sehr schnell ging, denn sie vertrug weder Rum im Kaffee noch Sekt, und Maria hatte am Ende den Ärger, weil sie sich verpflichtet fühlte, die Freundin im Taxi zurück in ihre Wohnung zu bringen.

Erika revanchierte sich für diesen Freundschaftsdienst, indem sie zum Kaffeekränzchen einlud, aufwendige Kuchen backte und heiße Schokolade dazu reichte, von der Maria behauptete, sie sei das Beste, was jemals ihre Kehle durchronnen hätte und jede Sünde wert.

Über ihre »Sünden« redete Maria auch sehr ausführlich. Sie erzählte mit vielen Ausschmückungen, wie die Jungs sie früher umschwärmt hatten, kicherte gerne hinter vorgehaltener Hand, dass sie es nie bereut hätte, ihrem Mann die einen oder anderen Hörner aufgesetzt zu haben, und amüsierte sich köstlich, wenn die Freundinnen pikiert reagierten, wenn sie den Männern noch immer auf den Hintern schaute.

»Mädels, lasst euch doch nicht das Leben vermiesen, nur weil wir alt sind. Freut euch lieber, dass man in unserem Alter als Frau praktisch unsichtbar geworden ist. Wir müssen nicht mehr gut aussehen, aber wir können schöne Aussichten genießen!«

Maria war immer die Unternehmungslustigste und Fitteste von allen gewesen. Und dann erwischte es sie zuerst. Völlig ohne Vorwarnung war es passiert. Noch am Abend zuvor hatten sie bis zum Schließen des Cafés zusammengehockt, hatten sogar Pläne für einen Ausflug in die Altstadt von Bamberg geschmiedet, sich mal wieder alle gut gefühlt, ganz ohne Zipperlein und Altersbeschwerden, sogar Erika hatte sich bereiterklärt mitzukommen.

Als Sophia von Marias Ehemann am nächsten Tag angerufen wurde, dass diese früh einfach tot im Bett gelegen hätte, konnten sie es gar nicht glauben. Die Beerdigung war ein Schock gewesen, am schlimmsten die Traueransprache des Pfarrers, der so redete, als wäre es ein Segen, mit siebenundachtzig endlich abtreten zu dürfen. Ins Reich Gottes aufgenommen werden, sagte er. Aber Sophia, Erika und Elisabeth sahen den Tod nicht als ein Aufnehmen, für sie war es ein Wegnehmen. Ohne Maria war das Leben nur noch die halbe Miete.

Und seitdem trafen sie sich einmal pro Woche auf dem Friedhof am Glockenberg. Der frisch aufgeworfene Hügel lag unweit des hinteren Nebeneingangs, eine Grabreihe weiter hatte das Grünflächenamt eine Holzbank aufgestellt. Dort saßen sie immer. Die erste belegte mit ihrem Hut oder dem Stock den Rest der Bank, meist war es Erika, weil sie immer befürchtete zu spät zu kommen und deshalb stets viel zu früh da war. Nie versuchte jemand ihnen den Platz streitig zu machen, die meisten Menschen kamen nur auf den Friedhof, um Blumen vorbeizubringen, eventuell ein kurzes Gebet für den Verstorbenen zu sprechen oder die angelegten Büsche und Pflanzen zu gießen. Längeres Verweilen war eher selten.

Wie traurige Raben hockten die drei dann nebeneinander, seufzten ab und zu schwer, drehten ihre Hüte zwischen den Händen, scharrten mit den Füßen im Kies und vermissten Marias Fröhlichkeit. Mit ihr war die Leichtigkeit des Seins verschwunden. Die Freundinnen schwiegen sich an und, je nach Wetterlage, schlurften sie nach ein bis zwei Stunden, verdrießlich vor sich hin brummend, wieder nach Hause.

Als es Winter wurde, verlegten sie ihre Treffen von der Bank in den Schutz des Mausoleums, hüllten sich in ihre schwarzen Mäntel, tauschten Hüte gegen dicke Wollmützen und schauten noch unfreundlicher als im Sommer.

Am 22. Dezember schneite es leicht, Nebelschwaden hingen zwischen den Bäumen und auf dem Friedhof war nichts von hektischem Einkaufsrummel und Weihnachtsstress zu spüren. Nur ganz wenige Menschen lockte das Wetter zu einem Gang auf den Gottesacker. Die alten Damen jedoch hatten sich wie immer vollzählig eingefunden. Zur Feier des Tages hatte jede eine rote Rose mitgebracht und Erika schleppte schwer an ihrer Einkaufstasche, in der sich drei Gläser und eine Flasche Rotkäppchensekt befanden.

Es dauerte eine ganze Weile, bis sie die Flasche mit klammen, kalten Fingern geöffnet hatten und die Gläser gefüllt waren.

»Na dann …«, sagte Sophia, hob ihr Glas in Richtung der Schneewolken.

Elisabeth ergänzte: »Auf dein Wohl, Maria, wo immer du auch bist. Wir wünschen dir einen schönen Geburtstag«, und Erika fügte hinzu: »Auch wenn du uns nicht mehr hören kannst, wir werden dich nicht vergessen.«

Bei ihren letzten Worten riss die Wolkendecke auf und die Sonne schickte ein paar Strahlen auf die Erde. Sie breiteten ein sanftes, warmes Licht über der stillen, verschneiten Friedhofslandschaft aus. Eine traumhafte Stille. Andächtig standen die drei alten Damen in ihren schwarzen Mänteln mit dem Sekt in der Hand. Nach einer Weile durchbrach Erika das Schweigen.

»Bist du also noch immer auf der Sonnenseite, Maria!«

Es war eine Feststellung, keine Frage. Feierlich nickten sie sich zu, tranken ihre Gläser bis auf einen winzigen Schluck leer, den sie über den Grabhügel der Freundin gossen. Danach verpackten sie die Gläser wieder säuberlich in der Tasche und machten sich auf zu ihrem

Stammcafé. Einstimmig bestellten sie an diesem Tag heiße Schokolade mit ganz viel Sahne und einem Schuss Rum.

»Süß wie die Sünde«, sagte Elisabeth zur Bedienung und Erika ergänzte: »So jung kommen wir nicht mehr zusammen.« Anschließend schwiegen sie ergriffen, hingen ihren Gedanken nach, bis die Schokolade serviert wurde. Ihre verschlossenen Mienen hatten sich entspannt, waren weicher als gewöhnlich.

Mallorca-Träume

Der Mann an der Rezeption lächelte sie freundlich an.

Rosa zuckte hilflos mit den Schultern, murmelte etwas, das *gracias* heißen sollte und wie *gradso* klang. Mit unsicheren Schritten ging sie durch die Drehtür des Hotels, dann in Richtung Strand und Meeresrauschen, von dem aber auf dem Weg dorthin nichts zu spüren oder zu hören war. Zuerst kam der Souvenirstand, dann die Bude mit den Original Frankfurter Würstchen, anschließend verkaufte ein Münchner Leberkäse und gebrannte Mandeln. Mallorca war eben nicht Traum vom Süden, sondern viel eher ein Rund-um-die-Uhr-Jahrmarkt. Im Norden sollte es anders sein; von Zitronenplantagen und Mandelbäumen hatte Rosa im Reiseführer gelesen. Aber sie besaß keinen Führerschein mehr und damit auch kein Mietauto und bei Temperaturen von dreißig bis fünfunddreißig Grad setzte sie sich ganz sicher nicht freiwillig in einen der völlig überfüllten Busse, die zu Rundfahrten über die Insel einluden. Wäre sie zwanzig Jahre jünger, würden sie keine zehn Pferde hier halten, dann wäre sie längst aufgebrochen, um die Insel eigenständig zu erforschen.

Rosa seufzte.

Ein Mann stellte sich ihr in den Weg, übersah sie einfach, so wie alle Männer sie seit Jahren übersahen. Frauen von siebzig waren unsichtbare Wesen, das hatte sie längst gelernt, aber es kränkte sie noch immer. Er stand vor ihr wie eine Wand, in blauweißgestreiften Shorts und Hawaiihemd, in der Hand hielt er ein dampfendes Würstchen.

»Wie Gummi mit Senf«, nuschelte er und spuckte eine undefinierbare Masse in ihre Richtung. Rosa ignorierte ihn. So, wie sie versuchte alle Menschen, die nicht in ihre Vorstellung vom Leben passten, zu ignorieren. Auch nur so ein Enttäuschter, der später in seinem Hotelzimmer die Minibar plündern würde: Nüsschen und Billigprosecco oder Erdinger Weißbier, dachte sie abfällig.

Alle Urlauber kamen ihr so vor, als wären sie in diesem heißen August auf der Suche nach Liebe. Sie hatte noch nie so viele aufgetakelte und überschminkte Frauen gesehen wie in El Arenal, dem dichtbesiedelten Strand im Süden von Mallorca. Und nirgendwo gab es so viele dickbäuchige, sonnenverbrannte Männer, die hinter ihnen hergockelten, als wäre es ihr letzter Sommer.

Über die Liebe wird am allermeisten gelogen, dachte sie und wünschte sich doch nichts sehnlicher als ein bisschen davon, denn wie viele der anderen, war auch sie auf der Suche.

Sie war so vertieft in ihre Gedanken, dass sie die Hundekacke auf dem Bürgersteig übersah. Ein ziemlich großer Haufen, aber auf dem Gehsteig lag so viel herum, dass dieses Missgeschick auch einem aufmerksamen Touristen hätte passieren können: Papierservietten vom

Würstchenstand, Pappbecher mit Strohhalm und Plastiklöffel, eine Werbeanzeige von einem Autovermieter, Zigarettenkippen, ein kaputter Badeschlappen. Und der Haufen von einem dieser Handtaschenhündchen, die im Moment modern waren auf Mallorca.

Rosas Tischnachbarin im Hotel hatte ihr erst am Morgen erzählt, dass diese Vorliebe für winzige Hunde mit einer blonden Tussi zu tun habe.

»Die Vollbusige, die überall auf den Partys ihren Köter mit hinschleppt. Sozusagen ihr Kinderersatz. Prompt müssen alle dürren Blondinen, die etwas auf sich halten, auch mit so einer bellenden Taschenratte rumlaufen.« Rosa hatte aufmerksam zugehört, aber nicht ganz verstanden, was die Frau damit meinte. Die Miniaturhunde waren ihr natürlich auch schon aufgefallen. Sie setzten ihre Haufen überall hin, selbst wenn sie noch so winzig waren. Schnell mal zwischen Shoppen und Partymachen wurden sie Gassi geführt. Zum Wegräumen ihrer Haufen hatte natürlich keine der Blondinen Zeit. Und deswegen trat Rosa auch in einen hinein und rutschte aus. Direkt dem dicken Blauweißgestreiften mit seinem Würstchen vor die Füße.

Und damit war es in diesem Urlaub vorbei mit Strand und Meeresrauschen, obwohl der mallorquinische Arzt sich viel Mühe gab und den Gips sorgfältig und gewissenhaft um ihr linkes Handgelenk schmierte. Aber Gips blieb Gips. Auch der schönste Verband juckte in der Sonne. Rosa wurde fast wahnsinnig davon und fing an, wie eine Verrückte mit dünnen Gegenständen in das weiße Zeug hineinzubohren. Sie probierte es sogar mit einer

Nagelfeile, aber erst als sie die Nadeln aus den Bettsocken zog, an denen sie vor ihrem Unfall abends immer gestrickt hatte, ließ der Juckreiz nach und sie fühlte sich besser.

Es wurde ein schrecklich langweiliger Urlaub, der sich hinzog wie eine Ewigkeit. Nur acht Tage, die eigentlich als Probe für einen längeren Aufenthalt im Winter gedacht waren, aber die Zeit verging im Schneckentempo. Sie verbrauchte in dieser Woche: drei Sudokuhefte, fünfmal den gesamten Inhalt der Minibar und zwei Großpackungen Tempotaschentücher zum ausgiebigen Beweinen ihres Elends. Dabei hatte sie ihr Rheuma am Strand wegsonnen wollen, hatte geglaubt, diese Insel würde ein Jungbrunnen für sie sein. Sogar Träume vom Treffen eines rüstigen, einsamen Rentners auf Freiersfüßen hatte sie sich erlaubt. Träume, die zu schön waren, um wahr zu werden. Sie hoffte, endlich einen Mann zu finden, der mit ihr im Mondschein unter Palmen spazierte, Gedichte für sie schrieb und im Herbst in Deutschland mit ihr in den Spanischkurs für Senioren gehen würde.

Träume starben auch nicht mit zunehmendem Alter. Seit dem Tod ihres Ehemannes war sie einsam wie ein gestrandeter Wal. Aber außer mit ihrem Tischnachbarn im Hotel, dem jungen Spanier an der Rezeption und dem Arzt, der ihr Gips und Spritze gegen Wundstarrkrampf verpasste, traf sie auf keine männlichen Wesen, die ihr Beachtung schenkten.

Weil sie in der Hotelbibliothek den Mallorca-Reiseführer für Wanderfreunde und einen Reisebericht von George Sand über die vortouristischen Freuden auf der

Urlaubsinsel ausgeliehen hatte, war ihr Wissen über Mallorca nach dieser Woche immens angewachsen, im gleichen Maße wie ihr Bauchumfang, weil sie sich ihren Frust in zuckersüßem Sangria ertränkte und ihre Träume mit Schokolade fütterte. Zum ersten Mal seit Jahren freute sie sich auf ihre kleine Wohnung daheim, die gegen das Hotelzimmer paradiesische Ausmaße hatte.

Sie freute sich so sehr, dass sie beim Rückflug den Mann neben sich im Flugzeug nicht beachtete. Schade, denn Hannes Maier hätte sagenhaft zu ihr gepasst. Achtundsiebzig Jahre alt, Witwer, braun gebrannt, durchaus charmant, romantisch und mit dem brennenden Wunsch, gleich nach der Ankunft, sein Spanisch mit einem Sprachkurs zu verbessern.

Aber weil es unter Rosas Gips so juckte, dass sie an nichts anderes denken konnte, als an die Stricknadeln, die in ihrem Koffer lagen, antwortete sie auf sein freundliches *Qué tal?* nur mit einem mürrischen »Wie soll es mir schon gehen. Sehen Sie doch!« und damit war die Konversation bis zur Landung lahmgelegt.

Hannes Maier traute sich nicht mehr, Rosa auch nur anzusehen, so sehr hatte ihn ihr grimmiger Gesichtsausdruck erschreckt. Er stellte gleich nach dem Abflug seine Rückenlehne in eine angenehme Liegeposition und schlief entspannt, bis die Flugbegleiterin die bevorstehende Landung in Frankfurt verkündete.

Rosa hatte währenddessen zwei Gläser Rotwein, eine Tasse Kaffee und eine Cola getrunken. Sie musste ganz dringend auf die Toilette, traute sich aber nicht, weil sie fürchtete, in der engen Kabine mit dem Gipsarm nicht allein zurechtzukommen. Sie drängelte mit anderen eiligen Passagieren nach vorn, um als eine der ersten auszusteigen. Sie stand bereits wartend am Gepäckausgabeband, als Hannes Maier gemächlich aus dem Flugzeug stieg.

Viele Menschen versäumen das kleine Glück,
während sie auf das Große vergebens warten.
Pearl S. Buck

Glück

Erna hielt nicht viel von Erinnerungskultur, lebte lieber im Jetzt als im Gestern und Vorgestern. Aber kurz vor dem 50. Hochzeitstag war das Erinnern Pflichtübung, ganz besonders, wenn einem partout keine Glücksmomente für die letzten Jahre einfallen wollten. Sie hatte, wie so oft, nachdenklich auf dem Stuhl am Fenster gesessen, ihre Hände strichen mechanisch über das warme Fell der Katze, die sich schnurrend auf ihrem Schoß zusammengerollt hatte. Erna zergrübelte sich den Kopf über das Glück vergangener Tage. Ohne Ergebnis. Die Zeiger der Uhr wanderten währenddessen unbemerkt Stunde um Stunde weiter.

Ihr Mann saß ein Stockwerk tiefer vor dem Fernseher. Er schaute Sport: egal, ob Reiten, Fußball, Golf oder Autorennen. Seit ihnen die Kinder zu Weihnachten einen neuen Fernseher geschenkt hatten, auf dem es praktisch rund um die Uhr Sportsendungen zu sehen gab, war mit ihrem Mann nicht mehr zu reden. Schon morgens nach dem Frühstück schaltete er ihn ein und wenn sie abends aus dem Bad kam und ihm »Gute Nacht« sagte, schaute er nur geistesabwesend zu ihr hin, murmelte etwas von »Ich bleibe noch ein bisschen auf« und versenkte seinen

Blick sofort wieder in das Geflimmer. Ihr war es nicht unrecht, denn wenn er doch einmal aus diesen flackernden Untiefen auftauchte, war er ein nörgelnder Tyrann geworden. Meist schimpfte er über das miese Fernsehprogramm, aber oft genug auch über sie. Dass sie alles vergessen würde, sagte er oft, und überhaupt entsprach sie wohl immer weniger seinen Vorstellungen einer Ehefrau, mit der man gerne seine Zeit verbrachte.

Worüber hatten sie früher abendelang geredet, sich stundenlang ausgetauscht, diskutiert oder gemeinsam gelacht? Auch das war ihrem Gedächtnis entfallen. Und seinem wohl ebenfalls. Auch wenn ihr Mann immer nur an ihren Erinnerungslücken herummäkelte. Wobei er ja damit nicht falsch lag.

Selbst die Namen der Töchter brachte sie neuerdings ständig durcheinander, was dazu führte, dass sie sie am Telefon Lianjohanna oder Joanlisa nannte, anstatt Lisa, Anna und Johanna. Sie lachten darüber, klangen mehr verblüfft als empört, wenn sie bei der Falschen anrief, um zum Geburtstag zu gratulieren, weil sie auch die Geburtsdaten verwechselte. Dieses Missgeschick war ihr erst vor ein paar Tagen passiert. Sie seufzte schwer bei dem Gedanken.

Nur ihr eigenes Alter vergaß sie leider nie. Neunundsiebzig Jahre. Die Kinder wollten für sie ein großes Fest veranstalten, den Hochzeitstag und den achtzigsten Geburtstag gemeinsam feiern.

Zahlen konnte sie sich gut merken. Egal ob Telefonnummern, Lottozahlen, Kontonummern, sie wurden auf einer Festplatte in ihrem Gehirn gespeichert, abrufbar bis zum Jüngsten Tag. Nur leider ohne Zuordnung. Und was nutzte es, wenn sie vor dem Bankautomaten stand und ihre Telefonnummer eingab? Oder wenn sie ins Telefon die Lottozahlen der vergangenen Woche eintippte, obwohl sie eigentlich ihren Mann anrufen wollte, damit er ihr sagen konnte, welchen Bus sie nehmen musste, um wieder nach Hause zu kommen.

Glücklicherweise ging es immer jemandem schlechter als ihr. Ihre Freundin Gisela erkannte sie nicht einmal mehr, wenn sie diese im Pflegeheim besuchte.

Vergessen war manchmal auch eine Form von Glücklichsein. Glück und Unglück waren doch oftmals nur eine Frage der Vergleichsmöglichkeiten. Nach einem Besuchsnachmittag bei Gisela fühlte sie sich wie ein eben aus dem Ei geschlüpftes Küken, spürte Jugendfrische in den Knochen und Dankbarkeit für das noch vorhandene Gespür, am Leben zu sein.

Auch wenn sie es gar nicht wollte, formten sich heute, am Tag vor ihrem 50. Hochzeitsjubiläum, die seltsamsten Dinge in ihrem Hirn. Banales und Wichtiges gleich nebeneinander.

Was sollte sie morgen anziehen, wie viel Milch war noch im Kühlschrank, wo hatte sie zum ersten Mal ihren Mann getroffen? Wann würde ihr Kopf platzen und sie mitten in der Küche stehen und umfallen? Tot sein, bevor sie auf dem Boden aufschlug.

Sie spürte ein Pochen in der rechten Schläfe, dass sie wahnsinnig machte. Aber so schnell wird keiner verrückt, eher fällt in China ein Sack Reis um oder…

Bevor sie weiter darüber nachdenken konnte, klingelte

es an der Tür. Ihr Mann brüllte von unten, sie solle bitte gehen, er könne gerade nicht. Mühsam rappelte sie sich aus dem Stuhl hoch, die Katze sprang mit einem Fauchen auf die Fensterbank. Bis sie zur Tür gehumpelt war, klingelte es noch zwei weitere Male. Draußen stand ungeduldig ein junger Mann.

Der Servicedienst der Post. Er brachte ein Paket vorbei, für das sie unterschreiben musste: Ein Geschenk ihrer ältesten Tochter, im Internet bestellt und direkt an ihre Adresse geliefert.

Damit ist klar, dass Lisa nicht zur Feier morgen kommt, dachte sie traurig. Wieder einmal würde sie sich vor dem Übermaß an Familie drücken, wie sie zu sagen pflegte. Diese Distanz ihrer Erstgeborenen machte ihr noch immer schwer zu schaffen, auch nach fast fünfzig Jahren hatte sie sich nicht daran gewöhnt.

Es wäre manchmal ganz praktisch, das Denken einzustellen. Einfach nur noch ein schwarzes Loch, Leere im Kopf, anstatt Fragen, die niemand beantworten konnte, dachte sie.

Mit ihren gichtsteifen Fingern dauerte es eine ganze Weile, bis sie die Verpackung geöffnet hatte. Zum Vorschein kam ein Plastiksäckchen, das mit roten Herzen bemalt war. Sie betrachtete es eine Weile voller Misstrauen, dann suchte sie nach ihrer Lesebrille: Fünfzig rote Luftballons.

Ihr Herz machte einen Freudensprung. Sie spürte den salzigen Geschmack ungeweinter Tränen im Mund.

Während unten der Fernseher laut die aktuellsten Fußballergebnisse verkündete, holte sie einen Luftballon nach dem anderen aus der Verpackung und blies ihn auf. Es dauerte eine geraume Zeit, bis alle gefüllt waren. Immer wieder musste sie eine Pause einlegen, weil ihr von der ungewohnten Arbeit schwindlig wurde. Aber dann war es geschafft. Fünfzig rote Luftballons im Zimmer: Sie taumelten, flogen und schwebten in schwereloser Leichtigkeit, während Erna alles um sich herum vergaß, sogar ihre Kopfschmerzen waren wie weggeblasen.

Ausgerechnet ihre Tochter Lisa, das nüchternste ihrer Kinder, hatte es geschafft, sie völlig zu überraschen. Ihr Herz klopfte wild vor Freude, wie damals, sie musste sieben oder acht gewesen sein, als sie den Ballon ihrer großen Schwester ins Azurblau des Sommerhimmels geschickt hatte. Sie sah wieder vor sich, wie er sich immer weiter entfernte, kleiner wurde und schließlich nur noch als Punkt zu sehen war.

Alles Schwere war damals hinaufgeflogen.

Die Ohrfeige des Vaters hatte sie auf den Boden zurückgeholt. 1935 war ein Luftballon nicht selbstverständlich gewesen und eigentlich hatte er nicht ihr, sondern ihrer großen Schwester gehört. Die hatte kein Glücksgefühl verspürt, sondern geheult wegen des nicht wieder rückgängig zu machenden Verlusts.

Trotz des folgenden Hausarrests und des Entzugs der wöchentlichen Süßigkeitenration – immer samstags bekamen sie zwei dieser wunderbaren Karamellbonbons, die sich beim Kauen in den Zahnzwischenräumen festsetzten und noch lange hinterher das Gefühl von Zucker im Mund speicherten – war dieser Moment in ihrem Gedächtnis positiv abgespeichert, zusammen mit der ersten heimlich gerauchten Zigarette, zehn Jahre später, dem gelungenen Versuch eines Zungenkusses mit ihrem Sandkastenfreund und einem traumhaften Sonnenaufgang an der Ostsee.

In den letzten Jahren waren diese positiven Momente weniger geworden, aber Lisas Ballons hatten einige wieder zurück in Ernas Gedächtnis geblasen. Während ein Stockwerk tiefer der Fernseher immer noch lief, ließ sie ihre Luftballons, einen nach dem anderen, durchs Zimmer schweben und schaute ihnen anschließend zu, wie sie vom Balkon hinunter in Richtung Straße flogen. Einige verhedderten sich in den Ästen des Kastanienbaums und blieben hängen, mehrere landeten auf dem Garagendach, aber ein paar tanzten bis hinüber zum Spielplatz, wo ein kleines Mädchen im Sandkasten saß. Es schaute erstaunt auf die roten Herzen, blickte suchend nach oben und entdeckte Erna am Fenster ihrer Wohnung. Ihr freudiges Strahlen und Winken wurde zu einem weiteren Glücksmoment in Ernas Erinnerungen.

Eigentlich ist es ein Glück,
ein Leben lang an einer Sehnsucht zu lutschen.
Theodor Fontane

Nacktbaden im See

Seit der Vater im Pflegeheim war und er das Gefühl hatte, dass er dort gut versorgt wird, ging es Jochen besser. So gut, dass er sich unter der Woche einen freien Tag nahm. Einfach so.

Weil das Wetter warm und sonnig war, beschloss er nach dem Frühstück zum Baden zu fahren. Um seinen verspannten Schultern etwas Gutes zu tun, wählte er das zwanzig Kilometer entfernte Thermalbad. Außerdem hoffte er, dass ihn dort keiner kannte. Als Polizeikommissar in einer Kleinstadt war es nicht leicht, unerkannt zu bleiben. Der Gedanke, beim Schwimmen vielleicht einen vergammelten Knastbruder oder einen notorischen Falschparker zu treffen, ließ ihn gerne ins Auto steigen, anstatt ins nahe gelegene Freibad zu radeln. Private Dinge behielt er gerne unter Verschluss.

Ein paar Stunden später lag Jochen entspannt auf der Wiese des Thermalbades. Sonnentrunken leicht beobachtete er träge eine emsige Ameise und lauschte dabei der Durchsage des Bademeisters, der mahnte, die Liegen nicht mit Handtüchern zu belegen und danach zu einem Aerobic-Kurs im Sprudelbad einlud.

Dann herrschte einen Moment Stille. Nur das Brummen eines Düsenjets, der ein weißes Seil in den blauen Himmel spannte. Entfernt läuteten Kirchenglocken und eine Amsel zwitscherte erschrocken oder fröhlich. Eine Ameise schleppte schwer und unermüdlich Brotkrumen über die Wiese. Jochen spürte Schweißtropfen zwischen den Schulterblättern und Sehnsucht nach Stille. Sein Handy klingelte. Den Anfang von *Ring of fire* hatte er für seine Dienststelle eingespeichert. Bis die Stimme von Johnny Cash erklang, war es ein richtig guter Tag gewesen. Seine Stimme übertönte einen Moment die Musik aus dem Lautsprecher.

Als er das Gespräch annahm, wurde er jäh aus der Idylle gerissen. Eine Mitarbeiterin, die Telefondienst hatte, machte ihm die Mitteilung, dass sein Vater auf die Dienststelle gebracht worden sei. Und dann wurde er durchgestellt zu Susanne, seiner Kollegin, deren Lächeln im Sumpf des Kleinstadtverbrechens stecken geblieben war, die es aber trotzdem gut mit ihm meinte.

»Jochen, kannst du vielleicht mal kommen. Dein Vater ist hier bei uns gelandet, weil er nicht mehr wusste, wo er wohnt und wie er heißt. Du solltest ihn zurück ins Pflegeheim bringen. Ich denke, das kommt besser als eine Rückfahrt ins Pflegeheim mit dem Polizeiauto. «

»Wie?« Er brauchte einen Moment, bis er von Thermalbad und Relaxen zu seinem Vater umschaltete. »Wo war er denn?«

»Eine Jugendgruppe der Pfadfinder hat ihn nackt am Staffelsteiner Baggersee aufgelesen. Er war ziemlich verwirrt und wusste nicht mehr, wo er seine Klamotten abgelegt hat.«

»Heißt das, er hat nackt im Baggersee gebadet? Jetzt im Mai? Ich dachte, er ist im Pflegeheim.«

»Sieht so aus, als wäre er dort abgehauen. Ich werde nicht richtig schlau aus ihm. Er fragt immer nach Renate.«

»Alles klar. Ich bin in einer halben Stunde da.«

»Beeil dich. Er will nicht mehr hierbleiben. Seit fünf Minuten fragt er schon, ob wir auch befugt sind, ihn hier festzuhalten. Er möchte seinen Anwalt sprechen.«

»Ich komme.«

Die ganze Entspannung durch das Thermalwasser war zum Teufel. Er war nur noch genervt. Im Auto versuchte er sich mit lauter Musik abzulenken. Es gelang nicht, nicht einmal, als er lautstark mitsang. Deshalb fuhr er seinen Vater auch gleich ziemlich an, als er vor ihm stand.

»Was hattest du denn in Gottes Namen am Baggersee zu suchen und wie bist du überhaupt dorthin gekommen?« Es waren mehrere Kilometer bis an den Badesee.

»Na, ich musste mit dem Fahrrad fahren.« Jochen konnte gar nicht glauben, dass in seinem Vater noch so viel Energie steckte, dass er eine solche Strecke mit dem Fahrrad bewältigen konnte.

»Das Auto hast du mir schließlich abgenommen«, fuhr der alte Mann fort.

»Nicht schon wieder die alte Leier!« Sein Vater hatte einen Unfall nach dem anderen gebaut. Deshalb entzog die Verkehrspolizei ihm den Führerschein. Aber er behauptete immer, Jochen wäre Schuld, dass er nicht mehr fahren durfte.

»Darüber könnten wir lange streiten. Die hätten mich

nie erwischt, wenn du ihnen nicht den Tipp gegeben hättest, wem die Karre gehört.«

Jochen mochte gar nicht daran denken. Sein Vater hatte doch tatsächlich, nachdem er seinen Wagen um einen Laternenpfahl gewickelt hatte, die Nummernschilder seines Autos abgeschraubt, um zu vertuschen, dass der Wagen ihm gehörte. Jochen hatte seinen ganzen Einfluss als Polizist geltend machen müssen, um ihn vor größerem Schaden zu bewahren. Glücklicherweise kannte er im Ort einige wichtige Leute und der ermittelnde Staatsanwalt hatte den Vater mit Milde behandelt. In einer Großstadt wäre er todsicher vor Gericht gelandet.

»Wie bist du denn aus dem Pflegeheim gekommen?«

»Ganz einfach. Türe auf, rausgehen. Ende.« Sein Vater grinste selbstbewusst.

»Einfach so?«

»Im Heim kräht kein Hahn nach dir, wenn du nur ordentlich deine Medikamente schluckst und ansonsten keine Sonderwünsche anmeldest. Sie haben mich mit einem Stinktier in ein Zimmer gesperrt. Das sind Foltermethoden.« Anklagend schaute er seinen Sohn an.

»Ist das dein Ernst?«

»Natürlich. Er hat gestunken wie ein Jochgeier.«

»Ich habe gemeint, ob du wirklich einfach abgehauen bist?« Der Vater schaute ihn nur stumm an. »Und mit welchem Fahrrad bist du gefahren?«

»Es stand vor der Tür.« Jochen schluckte es ohne weiteren Kommentar. Er würde sich später darum kümmern müssen, hinaus zum Baggersee fahren und es zurückbringen.

»Was wolltest du denn draußen am Staffelsteiner Baggersee?«

»Renate beim Baden zuschauen.« Schon wieder lag ein Grinsen auf seinem Gesicht.

»Was?« Jochen glaubte sich verhört zu haben.

»Die geht dort immer schwimmen. Hat sie mir erzählt, als ihr mich neulich besucht habt.«

Es stimmte. Jochen wusste es auch. Ab Juni jeden Morgen und manchmal auch noch abends nach der Arbeit. Seine Freundin war eine begeisterte Schwimmerin. Und weil sie eine einsame Stelle kannte, die nur wenige besuchten, badete sie meistens nackt. Das hatte sie damals erzählt. Er selbst war auch schwer beeindruckt. Sein Vater hatte es sich anscheinend ebenfalls gut gemerkt, obwohl er sonst doch wirklich fast alles vergaß. Aber sie war *seine* Freundin. Was bildete sich der Alte eigentlich ein?

»Du bist verrückt!«

»Wie kommst du denn darauf? Wolltest du noch nie jemandem beim Baden zuschauen? Und Renate badet immer nackt. Das hat sie erzählt.«

»Hör mal, Papa, wenn du noch einmal Renate beim Nacktbaden zusehen willst, lass ich mich zur Adoption freigeben.« Jochen versuchte der Unterhaltung eine witzige Wendung zu geben, da er bemerkte, dass sein Vater ganz blass aussah.

»Das ist lächerlich, mit fünfunddreißig.«

»Es ist auch lächerlich, mit achtundsiebzig der Freundin seines Sohnes nachzustellen.«

»Ich wollte nur ein bisschen schauen. Was regst du dich so auf? Machst du die Augen neuerdings zu, wenn du eine schöne Frau siehst?« Jochen verspürte keine Lust mehr auf die Spielchen seines Vaters.

»Und dann hast du auch mal ein bisschen nackt gebadet, um dir die Zeit zu vertreiben?«

Seine Stimme zitterte, der alte Mann tat ihm leid, wie er so mickrig, in das riesige Handtuch gehüllt, vor ihm auf dem Bürohocker saß. Er musste eingegangen sein in den vergangenen Wochen. Früher war er ihm immer viel größer vorgekommen. Und stärker gebaut. Seine Schultern hingen nach vorn wie welk gewordener Salat.

Aber die Stimme war fest und sicher.

»Genau. Nacktbaden war ich. Und es war phänomenal. Das erste Mal in meinem Leben. Und dazu habe ich *Zwei kleine Italiener* gesungen. Dieses wunderbare Lied von Conny Froboess. Das stammt aus der Zeit, als wir das erste Mal in Italien waren. In Rimini. Clara hatte sich ihren ersten Bikini gekauft und alle anderen Strandschönheiten ausgestochen.« Der Vater schwelgte kurz in Gedanken. Dann fiel ihm wieder der Baggersee ein. »Geraucht habe ich auch im Wasser. Auf dem Rücken liegen, nur mit den Füßen paddeln und rauchen. Ich hätte nie gedacht, dass ich das noch schaffe!«

»Tolle Leistung. Alle Achtung. Musste das ausgerechnet am Staffelsteiner Baggersee sein, wo ganze Pfadfindergruppen ihr Lager aufgeschlagen haben?«

»Da waren nicht nur Pfadfinder, da war auch eine ganze Truppe anderer Leute. Lauter junge Dinger in schnuckeligen Bikinis. Von denen habe ich die Zigarette geschnorrt.«

»Das ist ja richtig pervers. Du bist doch verrückt.«

»Du wiederholst dich. Aber zu deiner Beruhigung, die jungen Dinger gefallen mir nicht mal! Ich habe sie auch in Verdacht, dass sie meine Hose und das Hemd versteckt haben.«

»Nacktbaden! Damit verstößt man gegen die guten Sitten. Verstehst du das nicht mehr?«

»Nur weil *dir* der Mut dazu fehlt. Nimm dir mal ein Beispiel an Renate!«

»Du bist immerhin achtundsiebzig. Weißt du, dass dich die ganze Welt für unzurechnungsfähig hält?«

»Na und. Ich würde es trotzdem genießen, mit Renate nackt zu baden. Das wäre die Steigerung gewesen. Aber ich glaube, sie geht an einer anderen Stelle schwimmen. Dort, wo ich sie gesucht habe, ist wahrscheinlich zu viel Rummel. So viele junge Leute, die keine Manieren haben!« In seiner Stimme klang ehrliche Empörung.

»Ich verstehe dich nicht mehr. Wo ist bloß der akkurate Oberstudienrat geblieben, der du einmal warst?«

»Den hat man schon lange in Pension geschickt. Ich kann tun und lassen, was ich will, habe keine Verantwortung mehr. Ich habe keine Gesetze übertreten, mein Junge! Deshalb ist mir auch schleierhaft, warum du dich so aufregst. Deine Generation ist doch mit Nacktbaden groß geworden.«

Er klang kein bisschen verwirrt, eher wie ein Lehrer vor versammelter Klasse. Jochen konnte es nicht fassen.

»Alle halten dich für verrückt. Und ich soll mich nicht aufregen?«

»Du wiederholst dich. Da kann ich nur sagen: Na und!«

»Das Ganze ist völlig absurd.«

»Alle Menschen haben Lust, einmal etwas total Absurdes zu tun. Den meisten fehlt nur der Mut.«

»Oder der Wahnsinn.«

»Mensch, Junge, warum bist du eigentlich so neidisch auf das bisschen Baden. Egal ob mit oder ohne Renate. Du hast schließlich schon mit ihr geschlafen. Ich träume nur davon, sie mal nackt zu sehen. Ich will einfach nur ein bisschen Vergnügen, verstehst du?«

»Nein.« Jochen schüttelte energisch den Kopf.

»Einfach noch mal ein Prickeln spüren. Wie damals in der ersten Zeit mit Clara.«

Jochen war es peinlich, dass er so von seiner Mutter sprach. Bruno Wagner kam ins Schwärmen von der guten alten Zeit. Sein Blick war ganz weit weg, er schaute in eine Vergangenheit, die alles Hier vergessen ließ.

»Ja, das war herrlich damals. Verrucht war sie manchmal auch, die Clara. Verdammt sexy, kann ich dir sagen. Deine Mutter war nicht ohne. Leider gab es damals noch nicht diese Digitalkameras und Bilder waren so furchtbar teuer. Sonst hätte ich heute noch ein paar schöne Erinnerungen.«

»Hör auf!« Jochens Stimme hatte einen scharfen Klang.

Der Vater musste lachen, bis er Schluckauf bekam und Tränen in seinen Augen standen.

»Junge, Junge, bist du verklemmt. Alles, was über Pinkeln in eine Urinflasche oder das Anlegen einer Inkontinenzwindel hinausgeht, ist für dich tabu, wenn du an mich denkst. Aber eins sag ich dir, noch bin ich nicht so senil, dass ihr mit mir machen könnt, was ihr wollt!«

Es klang nicht nur wie eine Drohung, Jochen wusste

genau, dass es so gemeint war. Sein Vater machte gerade definitiv keinen dementen Eindruck auf ihn. Nein, er wirkte mit einem Mal durchaus zurechnungsfähig in dem, was er sagte, nur traurig und müde.

»Komm. Ich bring dich zurück ins Pflegeheim. Dort machen sie sich bestimmt schon Sorgen, wo du steckst. Wenn es morgen noch schön ist, nehme ich frei und wir gehen zusammen schwimmen.«

Sanft nahm er seinen Vater am Arm und führte ihn nach draußen.

Ein Tropfen Liebe ist mehr als ein Ozean Verstand.

Blaise Pascal

Ein seltsames Paar

Wenn sie stritten, bebte die Erde, fegten Gewitterstürme durch die Wohnung und es fühlte sich an, als würde die Endzeit anbrechen: Naturgewalten wurden entfesselt, die niemand aufhalten konnte. Die ersten Erinnerungen meines Lebens sind deshalb unter dem Sofa und hinter der geschlossenen Schranktür meines Kinderzimmers zu finden. Dort verkrochen wir uns, um nicht vom Blitz getroffen zu werden, meine Schwester und ich. Wir harrten aus, bis das Donnergrollen sich verzogen hatte und die Sonne wieder hinter den Wolken hervorlugte. Auch das vorhersehbar und für uns eine verlässliche Größe.

Sie hassten und schlugen sich, sie liebten und verschlangen sich. Im wahrsten Sinne des Wortes. Nichts war wie in anderen Familien. Aber sie waren auch ein Paar, wie es beständiger nicht hätte sein können.

Papa arbeitete am Bau, er war Maurer und das mit Leib und Seele. Alle billigen Klischees passten auf ihn: Zentnerschwere Zementsäcke schleppen, den ganzen Tag auf der Baustelle ackern, braungebrannter, nackter Oberkörper, Dreck unter den Fingernägeln, Bier und Leberkäse in der Frühstückspause im Bauwagen und immer einen unanständigen Witz auf den Lippen.

Am Wochenende hing er entweder unter seinem alten Ford und reparierte ihn zu Tode oder er düste mit seinem auffrisierten Motorrad durch die Fränkische Schweiz, im Tross von Kumpels, die seine Leidenschaft für Motorräder und Bier vom Fass teilten und alles verabscheuten, was ihrer Meinung nach ein Weichei oder einen Warmduscher ausmachte. Weicheier waren Männer, die sich um Lebensversicherungen sorgten, die sonntags in die Kirche gingen oder Urlaub auf Mallorca planten. Gegen diese Sorte Mensch hegte mein Vater eine tief sitzende Abneigung, aus der er keinen Hehl machte. Außerdem verabscheute er aus reinster Seele alle Uniformträger, egal ob Polizisten, Soldaten oder Feuerwehrmänner. Besonders hasste er unseren Nachbarn, einen Gedichte schreibenden Verkehrspolizisten, der Zwerge zwischen seinen Rosenbeeten aufgestellt hatte und englisch gepflegten Rasen zelebrierte.

Meine Mutter dagegen liebte Gedichte und half dem Nachbarn mehr als einmal beim Kleben der zerschmetterten Gartenzwerge, wenn mein Vater in einem seiner Vollräusche rohe Gewalt gegen diese angewandt hatte.

Im Gegensatz zu meinem Vater beschäftigte sie sich am liebsten mit schöngeistigen Dingen, wie Liebesfilme im Fernsehen anschauen, Gardinen häkeln und Romane lesen.

Sie holte sich Bücher von Hedwig Courts-Mahler gleich zu Dutzenden aus der Stadtbücherei und verschlang sie voller Begeisterung. Oftmals fanden wir sie, wenn wir nach Schulschluss heimkamen, schluchzend in der Küche sitzen, die Tassen vom Frühstück standen noch auf dem Tisch und zum Mittagessen gab es nur Käsebrote, weil sie sich nicht von ihrer Romanheldin trennen konnte und alles um sich herum vergessen hatte.

Mutter war die Sanftmut in Person, uns Kindern gegenüber erhob sie selten die Stimme. Sie versuchte nie uns etwas aufzuzwängen, ließ uns viele Freiheiten, um die wir von anderen Kindern beneidet wurden. Wir hatten keine festen Zeiten, zu denen wir ins Bett gehen mussten, niemand bestand darauf, dass wir erst die Hausaufgaben erledigen sollten, bevor wir nach draußen gingen, um zu spielen, und wenn sich Nachbarn über uns beschwerten, weil wir eine Dummheit angestellt hatten, wurden wir wie Löwenjunge von ihr verteidigt.

Aber es konnte auch passieren, dass Mutter sich tagelang im Schlafzimmer einschloss und für niemanden zu sprechen war. Dann halfen auch kein Klopfen oder einschmeichelnde Worte – die Tür blieb geschlossen, es herrschte Totenstille in der Wohnung und Mutter war für uns unerreichbar. Wenn sie dann wieder auftauchte, kochte sie uns heiße Schokolade oder Vanillepudding und die Welt war für uns in Ordnung.

Nie wurde über diese stillen Tage gesprochen. Nie stritten unsere Eltern über dieses seltsame Verhalten meiner Mutter. Obwohl sie doch ansonsten jeden Anlass nutzten, um übereinander herzufallen. So sanftmütig meine Mutter uns gegenüber war, so unbeherrscht konnte sie zu ihrem Mann sein. Und das aus heiterem Himmel. Eben noch hatten sie friedlich nebeneinander auf dem Sofa gesessen und Kaffee getrunken, im nächsten Moment fauchte sie ihn an, weil sie entdeckt hatte, dass er die Haustür nicht abgeschlossen hatte, oder, weil ein Fenster offen stand. Er fauchte zurück und der heftigste Streit war im Gange. Es konnte um einen verlorenen Schlüsselbund gehen oder um den Weltfrieden, alles war ihnen Recht, wenn Gewitterstimmung in der Luft lag.

Und sie genossen es ganz offensichtlich, genauso wie sie es zelebrierten, sich wieder zu versöhnen. Lang und ausgiebig. Wir Kinder wurden dann meist zu Oma geschickt oder durften uns unten an der Straßenecke ein Eis kaufen. Später bekamen wir Geld fürs Kino oder hatten Ausgang bis zur Sperrstunde.

Wir litten deshalb nicht sonderlich unter ihren Gefühlsverirrungen, schließlich lernten wir, dass zwar manchmal einer von ihnen ein blaues Auge davon trug, aber nach dem Kampf war der Frieden von so viel Liebe erfüllt, dass für uns Kinder auch immer ein großes Stück abfiel.

Als sie älter wurden, meine Schwester und ich schon lange ausgezogen waren, wurde es noch heftiger.

Sie mussten auf niemanden mehr Rücksicht nehmen, keiner war mehr da, der ihre Angriffe aufeinander abmildern konnte.

Ein paarmal holten besorgte Nachbarn die Polizei, einmal gingen sie sogar, auf Anraten eines Arztes, zur Ehe-Therapeutin. Meine Mutter hatte Vater mit einem Aschenbecher beworfen, weil er versuchte sie aus dem Schlafzimmer zu holen. Er blutete wie ein Schwein und musste mit zehn Stichen genäht werden. Sie sagte, es geschähe ihm recht und wenn sie in dem Moment ein Messer in der Hand gehalten hätte, dann hätte sie damit zugestochen.

Als die Wunde wieder verheilt war und nur noch eine wulstige Narbe Vaters Stirn verunzierte, lachten sie sich bei einer Familienfeier halb schlapp über die Sitzungen bei der Eheberaterin. Sie konnten nicht aufhören von deren unmöglichen Ratschlägen zu erzählen und gerieten sich schließlich darüber in die Haare, wer von ihnen die schlimmsten Angewohnheiten hätte und warum die Eheberaterin der Meinung gewesen sei, dass eine Trennung auf Zeit für sie eine Lösung sein könnte.

Papa meinte, dass Mama jeden Bezug zur Realität verloren hätte, weil ihr die Romane das Hirn aufweichten und Mama war der Ansicht, dass Papa durch seine Sauferei schon gar keine Gehirnzellen mehr hätte, die aufweichen könnten. Das Ende vom Lied war jedenfalls, dass sich die Geburtstagsgesellschaft sehr schnell auflöste, als die beiden begannen, sich mit Kuchenstücken zu bewerfen.

Aber niemals, während ihrer gesamten Ehe, hatte meines Wissens einer der beiden eine Affäre mit einem anderen. Sie stritten, schlugen und liebten sich innig.

Als mein Vater mit zweiundachtzig an einem Schlaganfall starb, weinte meine Mutter tagelang, aber beim Absenken des Sarges am offenen Grab bekam sie einen Wutanfall, schrie wie am Spieß und warf mehrere komplette Blumenbuketts in das ausgeschaufelte Loch. Wenn wir sie nicht zu dritt gehalten hätten, wäre sie hinterhergesprungen und hätte vor Kummer über den Verlust auf den Sargdeckel getrommelt.

Zwei Tage später fanden wir sie leblos in ihrem Bett liegen, neben sich einen Liebesroman, auf dem Nachttisch

zwei leere Schachteln Schlaftabletten und ihr Hochzeits-
bild: Sie im langen Brautkleid mit viel Spitze und Blüm-
chenschleier, er in einem knittrigen Anzug, der ihm um
die Hüften schlackerte und dessen Hosenbeine zu lang
waren. Sein Outfit offensichtlich ausgeliehen, ihres sorgfältig gewählt.

Auf dem Foto schauten beide glücklich in die Kamera:
Mutter hielt einen riesigen Rosenstrauß im Arm, Vater
ließ die Schultern hängen und lächelte verlegen. Mutter
hatte ein rotes Herz um sich und ihn gemalt – es sagte
mehr aus als jeder Abschiedsbrief.

Kaffeegenuss

Die alte Dame saß am Nachbartisch, als ich die bunten Reiseprospekte aus den Tiefen meiner ausgebeulten Tasche hervorkramte und sie vor mir ausbreitete, die noch volle, verlockend duftende Kaffeetasse zur Seite schob und mit dem Lesen begann.

Schon als ich kam, war sie mir aufgefallen, vielleicht, weil sie immer wieder Blicke in meine Richtung warf, abschätzend, aber durchaus freundlich. Oder es war ihr runder, fast als Buckel zu bezeichnender schmaler Rücken oder die hellen, wachen Augen, um die ein Strahlenkranz feiner Fältchen gemalt war.

Es war ein heißer Tag, an dem selbst sehr alte Leute kurze Ärmel und dünnen Stoff trugen. Die Innenseite ihrer Oberarme trug einen Regenbogen weicher Faltenhalbrunde. Viel übrige Haut früherer Jahre wurde sichtbar, als sie die Hand hob, um die Bedienung auf sich aufmerksam zu machen. Die Arroganz der Reichen hing in den Plisseefalten ihrer Seidenbluse und in den spitz gefeilten Fingernägeln, die blassrosa lackiert waren. Sie räusperte sich bedächtig, als die Kellnerin sie nach ihren Wünschen fragte. Ihre knochigen Gichtfinger strichen suchend über die reichhaltige Getränkekarte.

»Auf jeden Fall einen Kaffee«, sagte sie bestimmt.

»Was hätten Sie gerne für einen? Filterkaffee, Cappuccino, Latte Macchiato, Café Latte?« Leichte Ungeduld lag in der Stimme der jungen Bedienung.

Ich konnte sehen, wie sich die Schultern der alten Dame strafften und ihre Mundwinkel sich vor Missbilligung nach unten verzogen.

»Natürlich Filterkaffee. Bringen Sie mir ein Kännchen. Schwarz, ohne alles. Und sehr heiß, bitte.«

Sie sagte es betont höflich, aber ihre klare Stimme klirrte vor Kälte, durch Falten und Risse blitzten Tigerkrallen.

Als die Bedienung sich abwandte, sagte sie: »Schwarz wie die Sünde!« Vielleicht redete sie zu sich selbst, vielleicht auch zu mir. In ihren hellen Augen spiegelte sich erwartungsvolle Vorfreude.

Unsere Tische standen nicht weit auseinander, ihr forschender Blick blieb auf meinen Prospekten hängen.

»Sie reisen nach Afrika.« Es war eine Feststellung, keine Frage.

»Ich weiß noch nicht…«, begann ich zögernd zu antworten.

»Ich hatte eine Farm in Afrika am Fuße der Ngong-Berge«, unterbrach sie mich, »eine Kaffeeplantage. Das ist allerdings schon lange her, ich war ja damals gerade mal zwanzig Jahre alt. Viel zu jung, um zu wissen, worauf ich mich einlasse. Meine Freundin Karen hatte die Idee und ich habe mich mit ihr in dieses Abenteuer gestürzt. Ich kann Ihnen sagen, es war nicht einfach. Aber wenn ich mich heute daran erinnere, bereue ich keine Sekunde.«

»Wo genau waren Sie denn in Afrika?«

»Habe ich es Ihnen nicht schon gesagt?« Sie war keine Frau, die oft etwas wiederholte, eine, die gewohnt war, dass man ihr zuhörte. »Die Farm lag am Fuße der Ngong-Berge in Kenia. Eine wilde, einsame Gegend, in 1700 Metern Höhe, nicht gerade ideal zum Anbauen von Kaffee. Aber wir hatten wirklich nicht viel Ahnung, als wir auswanderten.«

Unser Gespräch wurde unterbrochen, weil die Kellnerin den Kaffee servierte. Die Dame griff gierig nach der Tasse mit dem dampfenden Getränk, trank hastig, verbrannte sich die Zunge und musste husten. Als sie sich wieder gefangen hatte, atmete sie ein paar Mal tief durch, dann wandte sie sich wieder mir zu: »Sie sollten auf Safari gehen. Fotosafari natürlich. Das Schießen und dieses angeberische Getue der Großwildjäger habe ich immer gehasst. Nicht so wie Tania, die sich in diesen Hatton verliebt hat.«

Den letzten Satz murmelte sie vor sich hin. Ich war mir nicht sicher, ob ich sie überhaupt richtig verstanden hatte. Aber noch einmal wollte ich nicht nachfragen. Im Prinzip war mir ein Urlaub in Tansania oder Kenia auch gar nicht wichtig. Ich wusste nicht, ob ich überhaupt nach Afrika wollte. Die Prospekte hatte ich aus einer Laune heraus im Reisebüro mitgenommen. Ursprünglich hatte ich nur eine Parkkarte für den Nürnberger Flughafen abholen wollen, als ein Werbeplakat für Fotosafaris meine Aufmerksamkeit geweckt hatte. Das Reisematerial würde wohl später im Papierkorb landen. Es war mehr eine Lektüre zum Überbrücken von Wartezeit im Café. Aber das sagte ich der alten Dame nicht, denn ich verspürte eine seltsame Scheu, sie zu enttäuschen.

»Es war die beste Zeit meines Lebens, wir haben gegen alle Konventionen verstoßen, aber der Kampf hat sich gelohnt«, erzählte sie weiter.

Ihr Alter war schwer zu schätzen, achtzig oder fünfundachtzig, überlegte ich im Stillen. Die vielen Falten und der Buckel sprachen für ein höheres Alter, die Klarheit der Augen verunsicherte mich. Wie alt mochte sie gewesen sein, als sie mit ihren Freundinnen Karen und Tania nach Afrika ausgewandert war?

»Schwarzes, flüssiges Gold – das sind die Kaffeebohnen. Damals und heute. Es gibt nichts Vergleichbares.«

»Wie lange waren Sie in Afrika?«

»Nur ein paar Jahre, dann kam der Krieg.« Sie blickte nachdenklich in ihren Kaffee und trank vorsichtig einen kleinen Schluck. Dann schaute sie in die dunkle Flüssigkeit und schien in Gedanken weit weg.

»Sind Sie nie mehr wieder dort gewesen?«

»Wie bitte?« Meine Frage holte sie von weit her. »Karen ist lange tot. Was soll ich noch dort unten? Die Schwarzen haben uns nie gemocht. Wir waren nur geduldet. Einmal haben sie sogar versucht unsere Plantage abzufackeln.«

Ihre Hände krampften sich um die Tasse, sie sah blass aus, die Stimme bebte vor Anspannung.

Es tat mir leid, dass ich sie durch unser Gespräch so aufgewühlt hatte. Aber ich konnte mir gut vorstellen, dass ihre herrische Art sicher auch in den 40er-Jahren des vergangenen Jahrhunderts nicht gerade gut angekommen war. Und wie sie sich Bediensteten gegenüber verhalten hatte, darüber wollte ich gar nicht nachdenken.

Ich versuchte das Thema in eine andere Richtung zu lenken.

»Vielleicht entscheide ich mich doch für ein anderes Reiseziel. Afrika ist nur eine von vielen Möglichkeiten.«

Die bleichen Wangen der alten Dame bekamen Farbe, ihre Stimme hatte einen kämpferischen Unterton.

»Ein anderes Ziel dürfen Sie überhaupt nicht in Erwägung ziehen. Einmal Afrika, immer Afrika.«

Verärgert über ihre bestimmende Art wandte ich mich etwas ab, nur eine leichte Drehung des Oberkörpers, aber so, dass sie merken sollte, dass ich verstimmt war. Auch sie schwieg. Nach einer Weile sagte sie versöhnlich.

»Ich bin manchmal etwas unwirsch. Seien Sie mir bitte nicht böse.«

»Schon gut.« Ich kam mir albern vor. Warum einer alten Dame nicht die Freude des Zuhörens gönnen? Schließlich hatte sie doch wirklich viel zu erzählen.

Lebhaft berichtete sie mir von einer Fotosafari in den Ngorongoro-Krater, erzählte von einem Beinahe-Zusammenstoß mit einem Nashorn und der Geburt eines Elefantenjungen, gleich neben ihrer Lodge. Sie war eine begnadete Erzählerin. Ich vergaß vollkommen die Zeit und lauschte ihr hingerissen.

Erst als die Bedienung uns fragte, ob wir noch etwas bestellen wollten, fiel mein Blick auf die Uhr und ich musste mich höllisch beeilen, um den letzten Bus nach Hause zu bekommen. Ich verabschiedete mich hastig, dankte ihr für die Unterhaltung und ging.

Ich verbringe nicht viel Zeit in Cafés. Aber ein paar Monate später verabredete ich mich mit einem Freund in dem gleichen Lokal.

Ich war ein paar Minuten zu spät dran, lief ziemlich gehetzt und mit schlechtem Gewissen suchend in den Raum, um dann verdutzt vor dem Tisch stehen zu bleiben, an dem mein Freund saß. Er war in eine rege Unterhaltung mit der alten Dame vertieft.

Die beiden bemerkten mein Kommen nicht einmal.

»Ah, sie müssen einmal in den Himalaya – die höchsten Berge der Welt besteigen«, sagte sie gerade.

»Naja, ich bin kein Bergsteiger«, hörte ich ihn antworten. »Eher der Typ für Sightseeing und ein bisschen Wandern.«

Die Mundwinkel seiner Gesprächspartnerin zogen sich nach unten, sie legte die Stirn in unwillige Falten.

»Dafür brauchen Sie nicht nach Nepal! Dann könnten Sie auch in den Bayerischen Wald fahren. Ich habe 1979 den Everest bestiegen. Keine Deutsche hat das vor mir geschafft. Nur eine Japanerin, aber darauf kam es mir nicht an. Ich wollte nicht die Erste sein, aber ich sage immer: Wenn schon, dann ganz nach oben.«

»Wirklich? Sie haben den Mount Everest bestiegen?« In seiner Stimme lag Unglauben, aber auch eine riesige Portion Respekt.

»Die Berge«, sagte sie, »die Berge des Himalaya sind der Inbegriff von Glück in Fels gegossen.« Ihre Augen waren fast geschlossen und ihr Gesichtsausdruck entrückt.

Ich konnte ein belustigtes Kichern nicht unterdrücken. Die beiden schauten zu mir auf. Robert stand auf, begrüßte mich mit einem Kuss auf die Wange und bevor ich noch etwas sagen konnte, stellte er mich der alten Dame vor.

»Das ist meine Freundin. Sie hört bestimmt auch gerne Ihre Geschichte von der Bergbesteigung.«

Auf das faltige Gesicht trat ein leicht verwirrter Eindruck, aber sie fing sich schnell wieder.

»Kennen wir uns nicht?«, fragte sie stirnrunzelnd und noch bevor ich antworten konnte, fügte sie hinzu: »Natürlich. Wir haben uns hier schon einmal getroffen. Was für ein hübscher Zufall!« Sie lächelte so strahlend, dass ihre hellen Augen gänzlich unter einem Faltenkranz verschwanden.

»Ihr kennt euch?« Robert war überrascht. »Du hast mir gar nicht davon erzählt.«

»Wer erinnert sich schon an eine langweilige alte Dame, die mit Riesenschritten auf die Hundert zugeht?«, seufzte die Frau, »es weiß doch auch kaum noch jemand, wann es war, dass eine Frau das erste Mal auf dem höchsten Berg der Welt gestanden hat. Damals wie heute war die Welt der Bergsteiger eine Männerdomäne. Hillary und Messner kennt jeder, aber von Hannelore Schmatz hat kaum jemals jemand etwas gehört. Wahrscheinlich hätte ich ein Buch schreiben müssen oder noch besser: tödlich abstürzen. Dann wäre auch ich berühmt geworden. Aber das wollte ich nie. Mir war es immer nur wichtig, auf den höchsten Berg der Welt zu kommen! Danach bin ich nie wieder gereist.« Als sie ihren Monolog beendet hatte, trank sie den letzten Schluck aus ihrer Teetasse und winkte der Bedienung.

»Aber ich dachte, Sie hatten eine Kaffeefarm in Afrika.«
Sie sah mich mit einem durchdringenden Blick an,
dann suchte sie nach Kleingeld im Portemonnaie.

»Kindchen, Sie müssen mich verwechseln. Ich war nie
in meinem Leben in diesem Land. Dort gibt es viel zu
wenig Berge. Natürlich der Kilimanjaro! Aber wer einmal
auf einem Achttausender gestanden ist, wird sich nicht
mit weniger begnügen. Und Kaffee ist unerträglich. Tee
ist das einzig wahre Getränk! In Nepal bekommt man
es sogar beim Trekking von einem Sherpa morgens ans
Bett gebracht. Sie sollten in den Himalaya fahren. Alles
andere ist vergeudete Zeit.«

Mit diesen Worten erhob sie sich, strich mit ihren
gepflegten Händen über nicht vorhandene Falten ihres
engen Rocks und trippelte mit vorsichtigen, kleinen
Schritten in Richtung Ausgang.

Was man in der Jugend wünscht,
hat man im Alter in der Fülle.
Johann Wolfgang von Goethe

Dr. Radebergers Badereise

Die Ente glänzte goldgelb im warmen Licht der untergehenden Sonne. Ihr Leib schimmerte wie das Haar von
Milena. *Was für eine wunderbare Farbe und Kitsch pur,*
dachte Dr. Radeberger und dann setzte er im Geiste ein
aber unglaublich hübsch hinzu. Eine Laune des Augen-
blicks, denn die Lichtstrahlen fielen nur einen winzigen
Moment durch die Oberlichter und beleuchteten das
teilweise schaumverhüllte Nass, auf dem der Wasservo-
gel schaukelte.

Dr. Radeberger selbst wurde von der Sonne nicht
geblendet. Er trug, wie immer, egal ob sie schien oder
nicht, eine riesige Brille, dunkel getönt und rosa um-
randet. Zu jedem Leben gehört eine Verrücktheit, die es
sich als Maskottchen hält. Dr. Radebergers Leben hielt
sich seit ein paar Jahren eine rosarote Brille, um besser
genießen zu können. Deshalb sah er das Gelb eigentlich
auch nicht als Gelb, sondern eher in einem Braunton.
Doch was besagte das schon? Schließlich war er in jenem
fortgeschrittenen Alter, in dem man eine Farbe nicht
mehr sehen musste, um zu wissen, wie sie aussah. Selbst
mit geschlossenen Augen konnte er die Lockenpracht
aller Milenas dieser Welt vor sich sehen. Seine Nase er-

innerte sich an deren Duft nach Vanille und Mandeln, in seinem Kopf gab es Bilder, die schöner waren als jede Wirklichkeit.

Früher hatte sich Dr. Radeberger gerne die Zehennägel spitz zulaufend maniürt und hinter zugezogenen violetten Vorhängen Geigenmusik gehört, wenn er im Schaumbad plätscherte. Heute konnte er seine Füße nicht mehr mit den Händen erreichen, längst hatte eine nüchterne Podologin die Pflege seiner Zehen übernommen. Von Formen und ästhetisch schönen Anblicken verstand diese Dame nichts, sie setzte mehr auf Hornhauthobel und Schere. Doch von solchen Gedanken wollte er sich nicht die Stimmung verderben lassen.

Während er wohlig im warmen Nass lag, blätterte er im Geiste im Geschichtenbuch seines Lebens und fühlte sich in frühere Jahre zurückversetzt: In die Zeit mit Silvia, in der die blumige Seele einer feurigen Zigeunerin wohnte und die einige Monate mit ihm geteilt hatte, dann verweilte er einige Zeit bei der namenlosen, zierlichen Malerin, die manisch-depressiv war und sich aus Verzweiflung über ihr unzulängliches Talent im Gartenteich ertränkt hatte. Aber in ihren Hochphasen war sie bezaubernd gewesen, voller Tatendrang und knisternd vor Erotik.

Dr. Radeberger liebte es, mit seinen vergangenen Lieben zu kommunizieren. Er hatte viele Frauen gekannt und konnte sich auch heute noch nichts Prickelnderes vorstellen, als das Herzklopfen rasender Verliebtheit. Doch er verlor sich nicht in seinen Erinnerungen, sie begleiteten ihn nur auf seiner Badereise. Der alte Mann war kein Mensch des tiefen Grübelns. Er war ganz im Gegenteil der festen Überzeugung, dass sich alles Denken, jeder Kummer und jedes Glück, in warmem Wasser entweder entschlüsseln und lösen oder unbändig genießen ließ.

Heute wollte er genießen. Genuss, dem ihn ein weit entferntes Land beschert hatte: Polen. Bis vor kurzem war dieser Fleck auf der Landkarte für ihn lediglich eine ungute Erinnerung an eine Zeit, als er für vier Wochen in den Krieg ziehen musste. Er war einer der Männer, die bei Ausbruch des Zweiten Weltkriegs sofort eingezogen worden waren und schon Anfang September 1939 war er in Polen verwundet worden, hatte wochenlang nach einem Lungensteckschuss in einem Lazarett gelegen und war anschließend vom Wehrdienst befreit worden. Die grässlichen Erlebnisse dieser kurzen Episode hatte er erfolgreich verdrängt, den östlichen Landstrich aus seinen Gedanken gestrichen. Aber seit er wusste, dass Polen eine Frau wie Milena hervorgebracht hatte, ließ er sich jeden einzelnen Buchstaben dieses Landes wie Marzipan auf der Zunge zergehen. Paprika, Orchideenblüten, Lockenpracht, Engelshaar, Nougataugen. Jeder Buchstabe eine Liebeserklärung, auch wenn er nicht sicher war, ob in Polen auch Orchideen gediehen.

Es war Liebe auf den ersten Blick für ihn. Wie damals, als er sich das allererste Mal verliebte. Sie hieß Larissa und war die Tochter der Besitzerin des kleinen Lebensmittelladens an der Ecke des Wohnviertels, in dem er aufgewachsen war. Er war zwölf Jahre alt und musste jeden Tag auf seinem Schulweg vorbei an Verlockungen wie

Zitronenbrause und Groschenheftchen, die von fernen Welten erzählten, die sich Hamburg oder Bremerhaven nannten und genauso gut auf dem Mond hätten liegen können. Und irgendwann entdeckte er zwischen all den Heftchen Larissa. Eine dunkle Schönheit, deren Vater ein Italiener war, der sich gleich nach der Zeugung in Richtung Süden davon gemacht hatte. *Eine halbe Italienerin* hatte seine Mutter sie genannt und damit ausgedrückt, dass sie alle Italienerinnen für Flittchen hielt. Aber das stachelte ihn noch mehr an, ihr heimlich hinterherzuschauen, sie mit Blicken zu verfolgen und ihren Namen tausendfach auf die Innenseite seiner Schulhefte zu schreiben.

Larissa – ein Name wie Musik.

Dr. Radeberger seufzte glücklich. Wie schön das Leben im Alter war. So viele wunderbare Frauen, die man besuchen und wieder verlassen konnte, ganz nach Lust und Laune. Damit war das Lieben viel einfacher als früher, als er den Frauen hinterherlaufen musste und das erste Rendezvous kein schaumduftendes Spiel, sondern unsicheres Herantasten mit ungewissem Ausgang war.

Nachdenklich schwappte er mit beiden Händen das duftende Wasser gegen den Rand der Wanne, praktizierte ein paar fröhlich plätschernde Geräusche und brachte die kleine gelbe Ente zum Schaukeln.

Was für ein Segen, wenn Liebe gepaart werden kann mit Phantasie, anstelle nüchterner Realität!

Er schloss die Augen und fühlte die Erinnerung an Milenas Hände, die zärtlich seinen Körper entlang strichen. Erst vorhin hatte sie ihn unendlich sanft und vorsichtig von Schuhen und Kleidung befreit und ihm liebevoll geholfen, in die schaumigen Fluten einzutauchen.

Wenn er Glück hatte, und Dr. Radeberger glaubte an sein Glück, würde sie gleich wieder die Badezimmertür öffnen und ihn mit Händen wie Samt in das vorgewärmte Badetuch hüllen. Erwartungsvoll griff er nach dem Notrufknopf, der in Griffweite seiner rechten Hand lag. Es wurde Zeit wieder zurückzukehren, bevor das Wasser zu stark abkühlte.

Ein paar Minuten später hörte er Milenas rauchige Stimme im Flur. Sie unterhielt sich mit Frau Meisinger von Zimmer 214, dann öffnete sie die Tür und fragte: »Genug gebadet? Wollen wir es uns gemütlich machen im Bett?«

Er lächelte entspannt, gab der Ente noch einen kleinen Schubs und streckte Milena die faltigen Arme entgegen.

»Aber nicht die Brille abnehmen!«, war der einzige Wunsch, den er hatte, als die polnische Pflegerin ihn aus der Wanne hob.

Für den, der nichts versteht, sind Berge Berge.
Für den, der beginnt zu verstehen, sind Berge nicht nur Berge.
Und für den, der verstanden hat, sind Berge wieder Berge.
Japanisches Sprichwort

Das Sofa im Hintergrund

Ich schaute in den Spiegel und prüfte das Bild. Die Frau, die mich anschaute, sah müde aus. Sie hatte ein leichtes Lächeln in den Mundwinkeln, die Falten um Augen und Wangen erinnerten an altes Pergament. Der blaue Pullover mit dem runden Ausschnitt stand ihr gut, darüber ein Seidenschal in gleicher Farbe. Im Hintergrund das durchgesessene Sofa mit den bestickten indischen Kissen, das Tischchen, auf dem die benutzte Teetasse stand, daneben Zuckerdose und Milchkännchen. Als ich mich umdrehte, sah ich den Kater schlafend zwischen den Kissen liegen. Ein friedliches Bild.

Das Klopfen an der Tür durchbrach die morgendliche Stille. Anne trat ein, bevor ich die Chance hatte, »Herein« zu sagen. Sie schwebte immer ein bisschen, ihr Gang erinnerte an das Gleiten des Bussards am sonnigen Herbsthimmel, im Gegensatz zu ihrer Stimme, die flatterte wie ein aufgescheuchter Schmetterling. So war sie immer gewesen, würde es bis zum Ende meiner Tage bleiben.

»Wann kommt endlich der Fahrer? Können wir nicht bald los in die Berge? Wie lange wollen wir noch warten, bei dem herrlichen Wetter?«

Drei Fragen, die auf keine Antwort warteten. Es würde einfach dauern, solange es dauert. Und Anne würde genauso lange ihre Umgebung mit Fragen bombardieren. In einem asiatischen Land ist Zeit ein dehnbarer Begriff. Anne würde es nie lernen. Zumindest nicht mehr in diesem Leben. Ich lachte ein heiseres, etwas eingerostetes Lachen, als der Fahrer in das Ende ihrer Fragen vor der Tür hupte.

Als wir durch die noch verschlafenen Straßen von Kathmandu fuhren, schwiegen wir. Erst kurz vor Nagarkot, als die schneebedeckte Himalayakette sichtbar wurde, begann der Taxifahrer ein Gespräch.

»Where are you from?«, wollte er wissen und als ich ihm sagte, *from Germany*, erzählte er von einem Bruder in *Munich* und dass *Germany* ein *very nice country* sei.

Ich gab ihm beim Aussteigen fünfzig Rupien Trinkgeld und er bedankte sich, als wären es fünfzig Euro.

Anne war, wie immer, vorausgeeilt. Sie wartete nicht auf mich, sondern zückte sofort ihren Fotoapparat, um die Berge im ersten Morgenlicht festzuhalten. Alles und jedes musste sie augenblicklich fotografieren. Schon immer.

»Ist es nicht traumhaft?«, fragte mich meine Freundin, die stets fragen musste. »Ist der Anblick dieser höchsten Berge der Welt nicht das Schönste, was man sich vorstellen kann?« Sie sprach in Richtung der schneebedeckten Berge, mehr zu sich selbst, als zu mir. »Für den, der nichts versteht, sind Berge Berge. Für den, der beginnt zu verstehen, sind Berge nicht nur Berge. Und für den, der verstanden hat, sind Berge wieder Berge.«

»Wer sagt denn so was?«, fragte ich. Sie schaute mich erstaunt an.

»Ein japanisches Sprichwort!«

»Sehr wahr! Das gilt auch für das Glück.«

Sie schaute nachdenklich. Ihre Stirn legte sich in zwei dicke Querfalten. Aber nur kurz, dann atmete sie hörbar aus und lachte: »Quatsch. Berge und Glück sind nicht austauschbar. Aber Berge sind Glück! Und manchmal das größte Unglück.«

Sie war eine hervorragende Bergsteigerin gewesen. Bis vor fünfzehn Jahren. Bei einer Expedition war ihr Partner von einer Lawine verschüttet worden. Man hatte ihn nie mehr gefunden. Er war nicht nur ihr Seilpartner gewesen, sie waren auch im Alltag ein unzertrennliches Paar gewesen. Sieben Jahre lang. Danach war sie nie mehr in den Bergen unterwegs, betrachtete diese nur noch von unten und wurde immer kleiner, bis sie eines Tages verschwand.

Wir blieben lange, so wie an jedem sonnigen Tag dieses Sommers. Als es begann, kühl zu werden, machten wir uns auf den Heimweg.

Sie kam noch auf einen Tee mit zu mir. Wir liebten ihn beide auf die gleiche Art: lang durchgezogener Earl Grey, gewürzt mit Kardamon, Zimt und Honig, dazu einen Schuss Milch.

Anne saß mit dem Kater zwischen den Sofakissen, ich auf dem Sessel gegenüber. Von draußen waren die Geräusche des geschäftigen Stadtlebens zu hören, drinnen zelebrierten wir Beschauliches. Ich hatte die Wohnung schon zum x-ten Mal von einer Schweizerin gemietet.

Immer, wenn sie für zwei Monate zu ihren Eltern nach Europa flog, vermietete sie die Räume gegen ein geringes Entgelt an Touristen. Ich goss dafür ihre Blumen und wischte den Staub von den Möbeln. Viel hatte ich nicht zu tun in diesen Tagen in Nepal, aber es zog mich immer wieder in dieses Land, zu meiner Freundin aus Kindertagen und dem Kater, der sich niemals vom Sofa wegbewegte.

»Wirst du wiederkommen?«, fragte Anne in unser Schweigen.

»Immer wieder.«

»Obwohl ich hinaufgestiegen bin, wirst du dich an mich erinnern und wiederkommen?« Ihr Blick wurde ängstlich.

»Schon allein an deine Fragerei werde ich mich erinnern. Wie sollte ich auf diese Fragen verzichten können?«

Wir mussten beide lachen. Ihr Mund verzog sich zu einem riesigen A und ihre Augen bildeten zwei lustige Schlitze. So wie ich sie immer geliebt habe.

»Wollen wir einen Whisky in den Tee?« Anne hatte schon immer eine Vorliebe für einen Schuss Alkohol in heißen Getränken, egal ob Cognac oder Whisky, im Notfall nahm sie auch mit Wodka vorlieb. Der Schuss gestaltete sich in den letzten Zeiten so groß, dass sie beim Heimgehen torkelte. Aber beim Sprechen hatte sie sich immer in der Gewalt. Auch wenn das gar nicht nötig wäre, ich wusste immer im Voraus, was sie sagen würde. Anne war ich und ich war Anne. So war es immer gewesen.

Ich konnte nie mithalten, wenn sie einen ihrer versoffenen Tage hatte, aber gegen einen kleinen Whisky im Tee war nichts einzuwenden, fand ich. Ich sprang auf und ging zum Schrank, in dem ich meinen Alkoholvorrat aufbewahrte. Er stand direkt unter dem Spiegel.

Die Frau, die mir entgegenschaute, hatte das Lächeln in den Mundwinkeln verloren. Sie sah müder aus als am Morgen, als fürchtete sie sich vor einer einsamen Nacht. Das Sofa hinter ihr war leer, die Plüschkissen in einer ordentlichen Reihe aufgestellt.

Mich fröstelte bei dem Anblick. Die Frau im Spiegel fröstelte ebenfalls, einsam ohne Freundin und Kater. Ich holte die halbvolle Whiskyflasche aus dem Schrank, öffnete sie und goss in beide Tassen eine anständige Menge. Meine Tasse war im Nu leer, ich schenkte den Whisky pur nach.

Annes Tee wurde kalt in der unberührten Tasse.

Der Graue

Von Reinkarnation hatte Lisette Rosenberg noch nie gehört. Alles, was sie über fernöstliche Religionen wusste, war, dass darin Räucherstäbchen und Meditation eine Rolle spielten. Sie hatte zeit ihres Lebens nie über den Tellerrand der katholischen Kirche hinausgeblickt und so sollte es auch bleiben. Aber dennoch glaubte sie an diesem sonnigen Urlaubstag auf Mallorca ganz plötzlich an Wiedergeburt, an das Wiederfinden eines geliebten Wesens in einer neuen Form.

Der Kater saß direkt auf dem Schienenstrang der historischen Holzeisenbahn, die jede halbe Stunde von Sóller nach Port de Sóller fuhr und einen Strom von Touristen aus der mallorquinischen Kleinstadt hinunter an den Hafen beförderte. Im Juni war die Bahn bei jeder ihrer Fahrten voll besetzt. Das Geschäft lief prächtig – in Spanien war Hochsaison. Die Zahl der zumeist deutschen Touristen übertraf die Einwohner von Mallorca um ein Vielfaches.

Für einen Kater war er mindestens um die Hälfte zu klein. Und auch viel zu dünn. Der ganze Kerl war so hässlich, dass sich die meisten Menschen, die an ihm vorbei schlenderten, sich abwendeten, ihn schlicht übersahen, oder, wenn sie ihn bemerkten, instinktiv beschlossen, ihn sofort wieder zu vergessen. In einem so traumhaft idyllischen Urlaubsörtchen wie Sóller, das in einem fruchtbaren Tal von Zitronen- und Orangenplantagen lag, durfte es derartig viel Abscheulichkeit einfach nicht geben. Und wenn doch, dann galt es sie zu ignorieren.

Lisette Rosenberg hatte ihr Leben lang in Nürnberg gewohnt und kaum jemals Urlaub gemacht. Ein paar Mal ein langes Wochenende wandern in der Fränkischen Schweiz mit Übernachtung in billigen Ferienwohnungen und einmal fünf Tage Kuranwendungen für ihren schmerzenden Rücken in Bad Rodach, einem verschlafenen Städtchen in Oberfranken.

Diesen Urlaub auf Mallorca hatte sie sozusagen geerbt. Von ihrer älteren, unverheirateten Schwester, die mit neunzig gestorben war und ihr ein kleines Vermögen, mitsamt einer Ferienwohnung im Norden der Insel, hinterlassen hatte.

Sie war gerade auf dem Weg zur Markthalle, um Gemüse einzukaufen, als ihr der Graue auffiel. Vielleicht weil der Kater haargenau zu ihrer depressiven Stimmung passte. Vier Wochen auf dieser Insel waren einfach zu lange. Sie sehnte sich nach Hause, nach knackig frischen Laugenbrezeln, nach Bratwürsten mit Sauerkraut und vor allen Dingen nach einem sauberen Landregen, der die Luft zum Atmen leichter machte.

Auf den ersten Blick hatte Lisette Rosenberg das Gefühl, ein einziges Häufchen Elend vor sich zu haben: Er war staubgrau, das rechte vordere Bein hatte er hochgezogen und Rotz lief aus seinen schmutzigen Nasenlöchern. Doch all das zählte nicht mehr, als Lisette die verklebten, halb geschlossenen, hilflosen Augen sah, die sie sofort an ihren verstorbenen Ehemann Wolfram erinnerten. Dieser hatte aus Eitelkeit nie eine Brille getragen und war, zumindest in seinen letzten Lebensjahren, fast blind herumgestiefelt. Sein Unfallpotential war beträchtlich gewesen in diesen Zeiten. Zweimal hatte er sein Auto in einen Schrotthaufen verwandelt, drei Hunde überfahren und beinahe ein Kind verletzt, bevor ihm die Polizei die Fahrerlaubnis entzog. Danach gefährdete er nur noch sich selbst und Lisette, die ihn mehrmals davor bewahrte, in Baugruben zu stürzen, gegen Laternen zu rennen oder sich in unbekannten Gegenden zu verlaufen, weil er keine Straßenschilder entziffern konnte.

Wolfram hatte es sich selbst zuzuschreiben gehabt, dass er unter einer Straßenbahn sein Ende fand. Bei Rot hatte er die Straße überquert, weil er die Ampel auf der anderen Seite nicht erkannte. Lisette konnte auch vier Jahre später noch nicht fassen, wie dumm dieser Mann aus purer Eitelkeit war. Manchmal redete sie nachts im Bett mit ihm darüber und sagte ihm gehörig die Meinung. Sie nahm dann immer das Bild vom Nachttisch und hielt es zwischen den Händen. Am meisten nahm sie ihm übel, dass er sie allein zurückgelassen hatte, ohne sich darum zu scheren, wie einsam sie sein würde. Diese Gespräche verliefen stets frustrierend, weil er ihr nicht antwortete. Wo auch immer er sich befand, er hörte sie nicht. Beständig lächelte er freundlich, kurzsichtig und mit halb geschlossenen Augen aus dem silbernen Rahmen.

Die zusammengezogenen Augen des Katers, die denen

ihres Ehemanns so ähnlich sahen, waren Grund genug den kleinen Staubgrauen von den Schienen zu zerren. Sie überwand ihre Furcht vor der herannahenden Bahn und verhinderte damit, dass er den gleichen Tod fand wie Wolfram.

Der Kater jaulte schmerzerfüllt auf, machte aber keinen Versuch sich gegen die Einmischung in seinen offensichtlichen Selbstmordversuch zu wehren. Im Gegenteil. Kaum saß er auf dem sicheren Gehweg, schmiegte er sich voller Vertrauen an sie, drückte den schmutzigen Kopf in ihre saubere, nach Seife und Creme riechende Hand und begann ein Geräusch zu produzieren, das wie ein stotternder Rasenmäher klang.

»Hey, du kleiner Scheißer!« Lisette war ganz gerührt. Wann hatte in den letzten Jahren jemand wegen ihr derartig entzückte Laute von sich gegeben? Gestöhnte Freudenschreie beim Liebesakt mit Wolfram waren auf beiden Seiten nie häufig gewesen. Und sie waren weit länger her als der Tag seines Ablebens.

Die alte Frau setzte sich auf den Bürgersteig und streichelte gedankenverloren den Kater. Die Vorbeilaufenden machten einen Bogen um die beiden, ein paar Leute schauten erstaunt oder berührt auf das seltsame Paar. Niemand wagte sie zu stören, als würden alle den Glücksmoment der beiden behüten wollen. Erst als Lisettes Knie anfingen zu schmerzen, stemmte sie sich mit beiden Händen auf den Pflastersteinen ab und erhob sich mühsam. Der Graue stellte sein Schnurren ein und begann zu jammern. Ein durchdringender Klagelaut, dem Weinen eines Babys nicht unähnlich.

»Jetzt ist genug, ich kann nicht mehr«, sagte die alte Frau streng, lächelte ihn aber freundlich an. Als sie die Einkaufstasche aufnahm und weiterging, legte er den Kopf schief, als würde er über ihre Worte nachdenken, und schaute ihr aufmerksam hinterher.

Ziemlich geistesabwesend erledigte Lisette ihre Einkäufe, vergaß Eier zu kaufen, die sie für das Mittagessen gebraucht hätte und legte anstelle des Schafskäses einen Ziegenkäse in den Korb. Ganz selbstverständlich wanderten drei Dosen Katzenfutter in ihre Tasche, was einer Art Vorahnung geschuldet sein musste, denn der staubige Kater saß vor dem Ausgang. Er wartete dort mit zusammengekniffenen Augen geduldig auf sie und folgte ihr im Abstand von fünf bis zehn Metern bis zu ihrer Ferienwohnung am Rande des Ortes.

Familie Rosenberg hatte nie ein Haustier gehalten. Lisette war quasi gegen jede Form von Tier allergisch, wurde normalerweise regelrecht hysterisch, wenn sich ihr ein Hund oder eine Katze näherte. Den Kater ließ sie bedenkenlos in ihr Leben eintreten. Allerdings setzte sie ihn sofort mit energischem Griff in die Badewanne und brauste ihn mit warmem Wasser erbarmungslos ab. Dann bearbeitete sie sein Fell solange mit Kamm und Bürste, bis kein Quäntchen Schmutz mehr zu sehen war, geschweige denn eine Laus sich darin wohlgefühlt hätte. Wider Erwarten ließ der Graue die ganze Prozedur ohne jeden Mucks über sich ergehen, sogar seine verklebten Augen durfte Lisette mit einem feuchten, weichen Tuch reinigen. Sie stellte dabei fest, dass sie in einem leuchtenden Grün schimmerten, mit winzigen braunen

Sprenkeln dazwischen. Die Augen waren mit Abstand das Hübscheste an dem ganzen Tier. Tauglich für einen Schönheitswettbewerb war er infolge der Grundreinigung noch immer nicht, aber sein Fell schimmerte nach dem Trocknen an manchen Stellen silbergrau.

Zur Belohnung für sein Stillhalten beim Waschen öffnete Lisette ihm eine Dose von dem gekauften Futter, das er gierig verschlang. Anschließend wanderte er mit aufgestelltem Schwanz durch die gesamte Wohnung. Als er alles beschnuppert und begutachtet hatte, lief er durch die geöffnete Terrassentür nach draußen. Dort suchte er sich das Kissen des Gartenstuhles aus, um ein Mittagsschläfchen zu halten.

Lisette nutzte die Zeit, um sich eine Suppe zu kochen, die Blumen in ihren Töpfen mit Wasser zu versorgen und ein Zwiegespräch mit ihrem verstorbenen Gatten zu führen, der sich allerdings schweigsam wie immer verhielt.

Als der Graue aufwachte, fraß er noch einmal voller Appetit von dem angebotenen Katzenfutter, dann schaute er sie mit seinen zusammengekniffenen Augen erwartungsvoll an und kratzte solange an der Wohnungstür, bis Lisette ihm aufmachte und ihn ziehen ließ. Ohne sich noch einmal umzudrehen, verschwand er in der nächsten Seitengasse.

Lisette war nicht überrascht von dieser Entwicklung. Sie war es gewohnt, Enttäuschungen hinzunehmen. Trotzdem hielt sie in den folgenden Tagen bei ihren Spaziergängen durch den Ort Ausschau nach dem kleinen Grauen. Sie ertappte sich mehrmals dabei, dass sie sich Sorgen darüber machte, weil er so abgemagert ausgesehen hatte. Für den Fall, dass er wieder auftauchen sollte, kaufte sie frisches Hackfleisch und besorgte sich ein Taschenbuch über die richtige Haltung von Hauskatzen.

Aber der Kater blieb spurlos verschwunden.

Gedanklich bereitete sie sich darauf vor, in einer Woche wieder nach Hause zu fliegen und die Ferienwohnung an Touristen zu vermieten. Ihre Sehnsucht nach Sauerkraut und Landregen hielt an. Sie redete sich ein, es kaum noch erwarten zu können, wieder daheim in Franken zu sein.

Nach genau vier Tagen kratzte es morgens um Viertel nach drei an ihrer Terrassentür. Sie lag wach im Bett, aufgelöst und ziemlich durcheinander. Sie hatte gerade von Wolfram geträumt. Es war das das erste Mal in all den Jahren gewesen.

Seine zusammengekniffenen Augen hatten sie bittend angesehen und dann war er sang- und klanglos hinter einer Nebelwand verschwunden. Sie war unvermittelt aufgewacht, ohne zu wissen, was er ihr damit sagen wollte. Natürlich war es nur ein Traum gewesen, aber Rosa weinte, weil sie sich einsam und verlassen fühlte.

Beim Hören des kratzenden Geräusches wusste sie sofort, dass es nur der Graue sein konnte. Als sie ihm öffnete, strich er jammernd um ihre nackten Beine und gab erst Ruhe, als sie ihm eine Dose Futter hingestellt hatte. Sein Fell war wieder schmutzig, die Augen verklebt und sein Geruch erinnerte an feuchte Spüllappen. Es hatte gegen Mitternacht ein heftiges Gewitter gegeben, wahrscheinlich hatte er keinen Unterschlupf gefunden und war jämmerlich nass geworden.

In dieser Nacht durfte er zum ersten Mal mit in ihrem Bett schlafen. Am Morgen wurde sie von seinem sanften Schnurren geweckt, er lag in ihrer Armbeuge und sein Atem war wie ein Streicheln auf ihrer Haut.

Von diesem Tag an folgte er ihr wie ein Schatten. Die beiden wurden in Sóller zu einem stadtbekannten Paar. Oft sah man sie eng nebeneinander auf einer Bank auf dem Marktplatz sitzen oder sie gingen, an den Bahnschienen entlang, Richtung Hafen spazieren. In den Abendstunden fuhren sie manchmal mit der Holzeisenbahn hinunter zum Hafen und setzten sich in der untergehenden Sonne ans Meer. Dann gönnte sich Lisette Rosenberg in der Regel ein Gläschen spanischen Rotwein und der Kater bekam eine Scheibe Mortadella, seine Lieblingswurst. Bratwürste mochte er nicht. Auch Lisette dachte nur noch selten an die fränkische Küche. Allein den kühlen Landregen vermisste sie während der allzu heißen Sommermonate.

Wenn sie mit dem Grauen allein war, sagte sie Wolfi zu ihm. Und meist blinzelte er sie dann aus seinen halb geschlossenen Augen erfreut an.

Gutes wird mit Gutem vergolten, Böses mit Bösem.
Nichts wird vergessen, die Zeit der Vergeltung wird kommen.
Chinesisches Sprichwort

Zwanzig Jahre später

Ihn wieder zu treffen war schmerzhaft. Sie hatte gehofft, er würde nicht kommen, sie nicht so sehen, wie sie geworden war.

Wirklich schön war sie nie gewesen. Auch früher nicht, als sie noch auf ihr Äußeres geachtet hatte, noch Wimperntusche und Make-up benutzte und morgens lange brauchte, um sich vor dem Spiegel für den Tag schick zu machen. Ihre langen, dunklen Haare, die sich in dicken Locken geringelt hatten, waren ihr Plus gewesen, hatten ihrer Erscheinung eine wilde, ungezähmte Note gegeben. Vor Gericht war das eher von Nachteil gewesen. Die Richterin hatte in ihr die unbeherrschte Ehefrau gesehen, die unberechenbar gehandelt hatte.

Als sie ihn wieder sah, waren die Locken grau und umrahmten in einem schlecht sitzenden Kurzhaarschnitt ihren Kopf. Sie erkannte das Erschrecken über ihr Äußeres im Zusammenziehen seiner Augenbrauen. Ansonsten ließ er sich keine Gefühle anmerken, als sie aus dem Tor trat.

»Wird Zeit, dass du kommst. Ich warte seit zwei Stunden«, sagte er, als hätte sie irgendetwas daran beeinflussen können und als ob die zwanzig Jahre zu zwei Stunden zusammengeschmolzen wären. Ihr Hals war zugeschnürt, sie nickte nur, streckte ihm versuchsweise die Hand entgegen, steckte sie aber gleich wieder in die Jackentasche. Er hielt ihr die Wagentür auf, achtete darauf, sie nicht zu berühren.

Während der Autofahrt schwieg sie. Er redete ohne Unterbrechung, wollte vielleicht verhindern, dass sie fragte. Radiomusik begleitete seine laute Stimme. Einmal suchte sie den Knopf, um das Gedudel leiser zu stellen, weil sie davon Kopfschmerzen bekam, aber er brummte etwas von *Verkehrshinweisen* und *Spinnst du*, deshalb gab sie den Versuch wieder auf, schloss die Augen und stellte sich schlafend, versuchte sein Reden zu ignorieren.

In ihr war so viel Leere, dass sie mit dem Gefühl kämpfte, jeden Moment davon zu fliegen. Mit der letzten Kraft, die noch in ihr steckte, musste sie sich gegen die Polster des Sitzes stemmen, ihre Finger suchten Halt in der Lederbespannung, schwitzten dunkle Flecken gegen helles Nappa. Seine Sätze prasselten in ihr Hirn wie Kieselsteine gegen Glas.

Er fuhr zu schnell, genau wie früher. An seinem Fahrstil hatten die neunzehn Jahre und acht Monate nichts geändert. Sie hatte es auch nicht erwartet, nichts vorhersehen wollen, nur gehofft, er würde nicht kommen. Schließlich hatte er sie in den ganzen Jahren nur zweimal besucht.

Er wohnte jetzt außerhalb des Stadtkerns. Die Gegend war teuer, sie sah es in der Dämmerung an den Doppelgaragen neben den protzigen Wohnhäusern, den Grillblöcken, die auf den Terrassen standen und den akkurat angepflanzten Vorgärten, die nur so überquollen von Rosensträuchern und Fliederbüschen, dazwischen jede Menge Lavendel, Margeriten und andere Blumen, die sie alle mit Namen kannte. Sie war zur Arbeit in der Stadtgärtnerei eingeteilt gewesen. Ihr Rücken hatte geschmerzt, die Hände waren rissig, Arme und Beine verschrammt. Aber die Arbeit hatte ihr Freude bereitet. Abends war sie müde und ausgelaugt von der körperlichen Betätigung. Nur ihr Kopf kam dabei nicht zur Ruhe. Während der endlosen Stunden mit der Harke in der Hand leistete auch ihr Hirn mehr Überstunden, als ihr gut getan hatte. Und immer waren es Gedanken, die ihn umkreisten. Weil er weit weg war, hatte es nichts bedeutet, dass sie manchmal hasserfüllt an ihn dachte. In den ersten Jahren gepaart mit Sehnsucht, dann nutzten sich die Gefühle ab und alles wurde gleichgültig.

Mit dem Grau ihrer Haare wurde auch der manchmal rot lodernde Hass grau, zusammen mit ihrem Gesicht und ihrer gesamten Erscheinung.

Sie öffnete die Augen und schaute zu ihm hin. Er hatte sich verändert. Die Konturen des Gesichts waren schärfer geworden, seine Lippen bewegten sich ununterbrochen, der Haaransatz war zurückgegangen, ein dicker Wulst über dem Hosenbund verriet seinen Hang zu fettem Fleisch. Er hatte oft Schweinebraten oder Gänsebrust essen wollen, auch an dem Abend, als es passierte.

Sie hatte sich manchmal gefragt, ob alles anders verlaufen wäre, wenn sie nicht das scharfe Fleischmesser auf der Küchenablage bereit gelegt hätte, um den Braten zu zerteilen, als es geklingelt hatte und die Frau vor der Tür stand.

Wie im Film war alles passiert. Ein Film, den man nicht abstellen konnte, weil es keine Fernbedienung gab. Es war einer von der verdammt schlechten Sorte gewesen, voller schwülstiger Anschuldigungen, Lügen, Tränen und Geschrei. Auch damals hatte er zu viel geredet, hatte auf sie eingeschrien, bis sie es nicht mehr ausgehalten hatte und sich ins Bad einschloss.

Sie hatte den Part der betrogenen Ehefrau gespielt. Ganz klassisch: ungläubiges Fragen, Empörung, Zorn, Türen schlagen, Heulen.

Als sie sich wieder beruhigt hatte, waren die beiden anderen Darsteller schon von der Liebesschnulze ins Krimifach gewechselt. Er hatte mit dem Messer über ihr gekniet, bis heute wusste sie nicht warum. Es war das erste Mal gewesen, dass er geschwiegen hatte.

Sie hatte währenddessen den Fußboden gewischt, alles akribisch geputzt. Das Messer war ohne jede Blutspur, als der Braten fertig war und sie ihn in Scheiben geschnitten hatte.

Die Polizei war erst am nächsten Morgen gekommen, ein Nachbar hatte sie beim Beseitigen der Spuren beobachtet. Ihr Mann hatte so getan, als wüsste er von nichts. Und sie hatte alles dabei belassen, nichts ausgesagt, außer, dass sie sich schuldig bekannte.

Auf dem Messer gab es keine Spuren von ihm. Sie war viel zu verstört, um etwas erklären zu wollen.

Warum er sie in all den Jahren nur zweimal besucht hatte, würde sie ihn später fragen. Vielleicht.

Im Auto roch es nach Parfüm. Ein anderes, als das, das sie früher immer benutzt hatte. Schwerer, blumiger. Sie selbst hatte immer die fruchtige Note bevorzugt. Die Frau von damals hatte den gleichen Duft verbreitet, als sie vor der Tür gestanden hatte.

»Dein Geschmack hat sich nicht verändert«, sagte sie. Ihre Stimme klang rau, weil sie lange nichts gesagt hatte. Er warf einen verständnislosen Blick zu ihr hinüber. »Das Parfüm ist das gleiche geblieben, oder?«, ergänzte sie.

»Lass das.« Es war keine Antwort, eher ein Befehl. Weil er sah, wie sie zusammenzuckte, setzte er hinzu: »Du sollst jetzt nach vorn sehen. Ich habe Sekt kalt gestellt. Wir müssen feiern.«

»Warum sollten wir feiern?«

»Auf die Freiheit. Ab heute fängt unser Leben neu an.«

»Neu ist gar nichts mehr.«

Er ignorierte die Resignation in ihrer Stimme, redete von der Zukunft und anderes unverständliches Zeug. Sie schloss die Augen erneut, wünschte sich schlafen zu können und dass er verschwunden wäre, wenn sie aufwachte.

Natürlich war ihr klar, dass Träume nie in Erfüllung gingen. Deshalb wanderten ihre Gedanken zu wichtigeren Dingen. Sie überlegte, ob die Küche wohl so ähnlich eingerichtet war wie vor zwanzig Jahren und ob die scharfen Messern noch immer in der Schublade links neben dem Herd liegen würden.

In Gedanken öffnete sie bereits das Fach. Sie stellte sich vor, wie es sein würde, wenn er endlich schwieg und musste das erste Mal lächeln.

Wir müssen immer lernen,
zuletzt auch noch sterben lernen.
Marie von Ebner-Eschenbach

Gespräch mit dir

Du hast gerade in einem Buch gelesen, als auf einmal dein Kopf zur Seite gekippt ist. Und weg warst du. So hat es die Pflegerin erzählt. Seitdem liegst du hier. Du riechst irgendwie fremd. Ein bisschen wie vergoren, oder so ähnlich. Wie Apfelmost, wenn er zu lange im Warmen gestanden hat.

Ich könnte deine Hand loslassen, aufstehen und weggehen. Ins Auto steigen, den Zündschlüssel umdrehen, starten und wegfahren. Eine verlockende Vorstellung! Aber dann bist du ganz allein beim Sterben. Und dieser Gedanke fühlt sich auch falsch an. Genauso falsch wie deine kalte Hand und das welke Fleisch deiner Backen. Du warst doch immer so braun und schrumpelig wie zu lange gelagerte Äpfel im Regal, so um Ostern rum sind die ganz hutzlig und mehlig. Und jetzt überhaupt keine Bräune mehr, eher schon Totenblässe.

Vorweggenommen. Sie sagen, du stirbst.

Das Buch wirst du nie mehr zu Ende lesen. Wirst nicht mehr erfahren, wie es ausgeht. Kein Ende finden. Aber das hier, das Hiersitzen und Handhalten wird bald zu Ende sein.

Und es wird verdammt wehtun. Ich spüre es schon jetzt

und würde am liebsten gehen. Ganz schnell, ganz weit weg. Gerade, weil ich diesen Geruch in der Nase habe und genau merke, dass du es nicht spürst. Nie mehr spüren kannst. Alles nur Gerede, von wegen alles noch aufnehmen, Schwingungen spüren und so. Du liegst völlig reglos, nichts zuckt mehr. Alles zu Ende erzählt. Du bist schon im nächsten Buch gelandet, vielleicht an einem ganz anderen Ort. Nicht mal dein Geruch passt noch hierher. Obwohl, Apfelmost haben wir manchmal zusammen getrunken. Du hast dich immer ein bisschen geschüttelt nach den ersten Schlucken. Der wird erst richtig gut nach dem dritten Glas, hast du immer gesagt. Und irgendwie hattest du recht damit. Wie mit manchen anderen Dingen auch. Zum Beispiel mit dem Lesen.

Das richtige Leben macht mir keinen Spaß mehr, seit ich in diesem Unort gelandet bin, hast du neulich gesagt. Pflegeheim haben sie dazu gesagt, aber unter Pflegen kann man sich viel vorstellen. Für das, was an dem Unort passiert ist, fallen mir überhaupt keine Wörter ein. Jedenfalls hat sich dein Leben zwischen den Seiten der Bücher abgespielt. Wenigstens deine Augen waren noch intakt, sehen ging noch ziemlich gut.

Wenn ich da liegen würde, so wie du, würde ich mir auch wünschen, mitten aus einer spannenden Geschichte hinauskatapultiert zu werden, in andere Welten oder ins All oder wo immer du jetzt bist.

Auch wenn du das Ende nicht mehr erfährst. Du bist jetzt in einem anderen Universum, jedenfalls nicht mehr hier bei mir. Das spüre ich. Deswegen könnte ich genauso gut aufstehen, rausgehen und wegfahren. Ehrlich, die Verlockung ist enorm! Wenn du nicht so verdammt allein bleiben würdest. Und ich einfach nicht auf die Reihe kriege, dass du das Ende der Geschichte nicht mehr erfahren wirst.

Jahre sollte man nicht zählen,
sondern erleben.
Oskar Stock

Geburtstag

»Oh, wie schön, dass du da bist. Lass uns meinen Geburtstag mit einem Gläschen Sekt feiern!« Ilse Westermaier schaute ihre Tochter Birgit erwartungsvoll und mit freudig glänzenden Augen an.

»Mama, heute ist der 28. August. Du hast keinen Geburtstag.«

Das Gesicht der alten Dame, die in Nachthemd und Morgenmantel im Pflegebett saß, bekam einen ratlosen Ausdruck, aber ihre gute Laune hatte sie nicht verloren.

»Red keinen Unsinn, Melanie. Natürlich feiern wir heute. Mach doch mal eine Flasche Schampus auf.«

»Es gibt heute keinen Sekt. Außerdem heiße ich Birgit, nicht Melanie.«

»Wie schade! Warum hast du vergessen, welchen zu besorgen? Wo hast du denn deine Gedanken, Kind?«

»Ich habe es nicht vergessen. Du hast keinen Geburtstag!«

Ilse schaute einen Moment betrübt, dann lachte sie freudig auf.

»Sekt hin oder her, lass uns eine Tasse Kaffee trinken und Kuchen essen. Geburtstag ist nur einmal im Jahr.«

»Mama, du hast heute keinen Geburtstag.«

»Warum nicht?«

»Weil du im Dezember geboren bist. Am 19. Dezember. Wir müssen mit dem Feiern noch vier Monate warten.« Die Stimme der Tochter klang genervt und das nicht ohne Grund. Schon seit Wochen hatte ihre Mutter nur noch ein Gesprächsthema. Ständig wollte sie ihren Geburtstag feiern.

Ilse Westermaier ließ sich rücklings in ihr Bett fallen, als hätte sie mit einem Mal jede Kraft verlassen und begann zu weinen. Haltlos strömten ganze Bäche von Tränen über ihre runzligen Wangen, ihre Augen starrten trostlos in Richtung Decke.

»Mama, deshalb musst du doch nicht weinen. Wir können uns unterhalten oder ich lese dir ein bisschen vor.« Birgit versuchte ihre Mutter auf andere Gedanken zu bringen. Aber es war sinnlos. Ilse Westermaier schaltete auf stur und sagte kein einziges Wort mehr, bis ihre Tochter ging.

Die Frau im Nachbarbett lag ebenfalls mit Blick in Richtung Decke. Ihr Mann, der zu Besuch da war, hatte stumm die Geburtstagsdebatte verfolgt. Er kam jeden Tag ins Pflegeheim, saß am Bett seiner Frau, die nach einem schweren Schlaganfall im Koma lag, streichelte deren Hände oder erzählte ihr leise von seinem einsamen Leben daheim. Birgit hatte sich schon an die Gegenwart Herbert Mengers gewöhnt. Sie bemerkte gar nicht mehr, ob er da war oder nicht und auch Ilse nahm keine Notiz von ihm.

Birgit wechselte sich bei den Besuchen mit ihren Schwestern ab. Jeden dritten Tag kamen sie zur Mutter und telefonierten anschließend miteinander, um die anderen zu informieren, wie es ihr ging. Meist regten sie sich über deren Forderung nach Feier, Sekt und Kuchen auf. War sie wirklich so dement oder machte es ihr Spaß, ihre Kinder schier in den Wahnsinn zu treiben?

Alle drei Tage wiederholte sich die Unterhaltung über das Feiern ihres Geburtstages fast wortwörtlich. Im Laufe der folgenden Wochen wurde die Situation immer bizarrer. Die alte Frau sang sich oftmals selbst ein Geburtstagsständchen und wickelte sich ihr Gebiss oder Haargummis in herumliegende Zeitungen, um sie sich dann als Geschenk zu überreichen.

Schließlich hatten die Töchter kaum noch Lust die Mutter zu besuchen. Sie kamen nur noch einmal wöchentlich und blieben kurz.

An einem Tag im September brachte Herbert Menger, der Mann ihrer Bettnachbarin, eine Flasche Pikkolo mit: einen Secco dolce. Er hatte selbst an diesem Tag Geburtstag und wollte am Bett seiner Frau ein bisschen feiern. Ilse strahlte ihn an, als sie die kleine Flasche bemerkte. Sie freute sich wie ein kleines Kind.

»Wie schön, dass Sie zu meinem Geburtstag kommen und auch noch Sekt dabei haben.« Herbert Menger war ein Kavalier alter Schule, er brachte es nicht übers Herz die alte Dame zu enttäuschen.

»Liebe gnädige Frau, dann gratuliere ich Ihnen ganz herzlich. Stellen Sie sich vor, ich habe heute auch Geburtstag und will mit meiner Frau feiern. Sie hat beim Sekt stets die süße Sorte bevorzugt.«

»Dann stoßen wir doch zusammen an! So ein Zufall, dass wir am gleichen Tag geboren sind. Herzlichen Glückwunsch auch von mir.«

Herr Menger hatte zwei Gläser mitgebracht, weil er zumindest symbolisch für seine Frau ein Schlückchen eingießen wollte. Da diese aber, wie immer, teilnahmslos an die Decke starrte, setzte er sich an das Bett von Frau Westermaier und trank mit ihr ein Glas auf das gemeinsame Wohl. Das Fläschchen war schnell geleert und Herr Menger füllte noch einige Male mit Mineralwasser auf. Ilse Westermaier merkte den Unterschied nicht. Sie trank vergnügt ein Glas nach dem anderen aus.

Am nächsten Tag begrüßte sie ihn mit der Frage: »Haben Sie an meinen Geburtstag gedacht? Wir können doch gemeinsam ein bisschen feiern.«

»Aber gerne, gnädige Frau!« Er holte die leere Flasche vom Vortag aus dem Abfalleimer und füllte sie mit Mineralwasser auf. Dann stellte er die Gläser zurecht und schenkte sie bis zum Rand ein.

»Auf ihr Wohl«, prostete er ihr zu, sie stießen an, tranken genussvoll und Ilse strahlte mit der Septembersonne um die Wette.

Dieses Ritual vollzogen sie von da an täglich. Weil Herr Menger immer schon in den Morgenstunden ins Pflegeheim kam und den ganzen Tag dort verbrachte, hatten sie ihre kleine Feier stets schon beendet, wenn am Nachmittag die Töchter ihre kurzen Besuche abstatteten.

Als die Bettnachbarin Anfang Dezember tot in ihrem Bett lag und Herbert Menger von einem Tag auf den anderen nicht mehr kam, fanden die täglichen Feiern ein abruptes Ende. Ilse Westermaier versank in tiefe Depression und rief immer wieder weinerlich nach Herrn Menger.

Fünf Tage vergingen.

Dann kam der 19. Dezember und Ilse hatte ihren 98-sten Geburtstag. Pfleger und Schwestern gratulierten schon beim Aufstehen. Sie fragte nach einem Glas Sekt und wurde auf den Nachmittag vertröstet.

Die Töchter kamen sogar zu dritt und hatten eine riesige Flasche Champagner dabei. Doch als Ilse die Flasche sah, wurde sie störrisch und rief: »Die ist viel zu groß. Ich will eine kleine Grüne!«

»Aber Mama, wir haben extra Champagner für deinen Ehrentag besorgt. Heute darfst du mal trinken, soviel du willst.«

»Na, dann Prost. Schön, dass ihr da seid. Jetzt fehlt nur noch der nette Herr, der sonst immer meinen Geburtstag mitfeiert.«

»Wen meinst du denn damit?«, wollten die Töchter wissen, aber Ilse antwortete nicht, sondern trank einen großen Schluck.

Sie schüttelte sich angewidert und rief empört: »Wie schmeckt der denn? Das ist ein schreckliches Gesöff! Viel zu sauer!« Sie weigerte sich, noch mehr zu trinken.

Es wurde zwar trotzdem eine schöne Feier, aber Ilse fragte mehrmals, wann denn endlich die anderen Gäste kämen und schaute ständig zur Tür.

»Danke, dass ihr da wart«, sagte sie zu ihren Töchtern, als diese sich verabschiedeten. »Aber meinen nächsten Geburtstag würde ich gerne wieder allein mit dem netten Herrn feiern.«

Die Kinder gingen nicht darauf ein und erfuhren deshalb auch nicht, wen sie damit meinte.

Es dauerte zwei Monate bis Herr Menger wieder auftauchte. Diesmal zog er selbst in ein Zimmer des Pflegeheims, weil er die Einsamkeit in seiner kleinen Wohnung nicht mehr ertrug und auch nicht mehr so rüstig war, um den Alltag allein zu bewältigen.

Aber er war noch so gut zu Fuß, dass er einmal die Woche zum Supermarkt laufen konnte, um zwei bis drei Pikkolos zu kaufen.

Täglich klopfte er an Ilse Westermaiers Tür und feierte mit ihr. Manchmal zündeten sie sogar eine Kerze an, meist dann, wenn Ilse der Meinung war, dass sie mal wieder gemeinsam Geburtstag haben sollten und er bestimmt vergessen hätte, dass er auch älter werde. Sie sagte es mit einem schelmischen Lächeln und blickte ihn aus strahlenden Augen an. Wenn sie ihm dann zuprostete, spürte Herbert Menger ein Gefühl im Bauch, als würden Schmetterlinge darin fliegen.

Heidi Fischer

Laufmaschen im Strickstrumpf
Roman

2. Auflage
324 Seiten
Format: 13,5 x 21,5 cm
Broschur
€ 14,95

978-3-942637-39-8

Laufmaschen im Strickstrumpf portraitiert die Alltagsprobleme einer Familie in unserer Gesellschaft. Die Themen des Älterwerdens und, damit verbunden, Demenz und Pflegebedürftigkeit sind hochaktuell, ebenfalls die noch in weiten Teilen der Bevölkerung nicht akzeptierte Ehe von gleichgeschlechtlichen Paaren.
Im Mittelpunkt des Romans steht die wenig selbstbewusste 49-jährige Anna Jäger, deren Lebenssituation geprägt ist von der Pflege und Betreuung ihrer Schwiegereltern und ihrer desolaten Ehe. Sie versucht ihre eigene Identität wiederzufinden, indem sie aus der Familie ausbricht. Das Familienkarussell gerät erheblich ins Schwanken. Dabei haben alle mit ihren eigenen Problemen zu kämpfen. Annas lesbische Tochter Steffi steckt in einer Beziehungskrise, Schwager Ernst ist mit der Suche nach sinnvoller Freizeit- und Lebensgestaltung beschäftigt und Annas Mann Richard ist mit dem Verlust der Mutter und der plötzlichen Verantwortung für den Vater völlig überfordert.
Unterschiedliche Charaktere und deren Wertvorstellungen prallen immer wieder aufeinander und schaffen neue Probleme. Diese werden nachdenklich unterhaltsam und ohne den moralischen Zeigefinger zu erheben erzählt, wobei immer wieder ein feiner Humor durchblitzt.

DER KLEINE BUCH VERLAG

www.derkleinebuchverlag.de

Laufmaschen im Strickstrumpf

Das Telefon klingelt um neun Minuten nach Mitternacht. In die tiefe Ohnmacht des ersten Schlafes hinein.

Um diese Uhrzeit bedeutet ein Anruf nie Gutes. Das weiß Anna. Im ersten Erwachen hat sie geglaubt verschlafen zu haben und ist erschrocken hochgefahren.

Schemenhaft erkennt sie die Umrisse von Schlafzimmerschrank, Nachttisch und Bettumrandung. Die Dunkelheit ist nur durchbrochen von den Leuchtzifferblättern der Uhr im Regal gegenüber und dem Handy, das nebenan auf dem Nachtkästchen liegt.

Dem Blick auf den Wecker folgt Erleichterung, die sich sofort wieder verflüchtigt. Sie weiß nicht, was schlimmer ist, morgens zu verschlafen, aber wenigstens einmal wieder durchschlafen zu können, oder diese Unterbrechungen ihrer Nachtruhe. Diese ständige Bereitschaft. Das Telefon liegt seit Monaten immer in Griffweite. Jede Nacht. Wie damals, als Steffi ein paar Wochen alt war und wegen ihrer Blähungen weinte. Stundenlang war sie mit dem winzigen, vom Schreien rot angelaufenen Säugling durch die dunkle Wohnung gewandert. Morgens war ihr Gesicht blass vor Müdigkeit und die Speckröllchen, die sie sich während der Schwangerschaft angefuttert hatte, waren einer schmalen Wespentaille gewichen.

Aber das ist neunundzwanzig Jahre her. Die schweren Erinnerungen daran sind verblasst, geblieben ist nur das Positive aus dieser Zeit der frühen Elternschaft. Anna wünscht sich manchmal die unbekümmerte Gedankenlosigkeit zurück, mit der sie lebte, als sie selbst so alt war wie jetzt ihre Tochter, als ihre Haare noch nicht mit silbergrauen Strähnen durchzogen waren, ihr Gang noch flott und energiegeladen war und ihre Stirn sich nicht fortwährend in tiefe Falten legte. Wenn Anna heute in den Spiegel schaut, ist ihr die Person, die ihr entgegenblickt, fremd geworden. Sie sieht eine Frau, die viel zu dünn ist und deren Kurzhaarfrisur dringend einen neuen Schnitt bräuchte, um chic zu sein. Ganz zu schweigen von ihrer Kleidung! Schon seit Monaten hat sie sich nichts Neues mehr gekauft. Ständig läuft sie in Hosen herum, die an ihr schlackern und zieht Pullover an, die schon längst nicht mehr in Mode sind. Aber am wenigsten gefällt ihr der eigene Blick: Ihre graublauen Augen haben den Glanz verloren.

Am Display leuchtet der Name der Schwiegereltern auf. Sie seufzt und hebt ab. Ihr Mann liegt mit röchelndem Atem nebenan im Doppelbett. Er hat das Klingeln nur mit einem tiefen Aufschnarchen kommentiert und sich in Richtung der anderen Bettseite gedreht.

Richard hat einen beneidenswerten Schlaf! Sie hat noch nicht ein Mal erlebt, dass er nachts vor ihr aufgestanden wäre, um ans Telefon zu gehen. Anna greift mit einem resignierten Aufseufzen nach dem Hörer.

„Ja, was ist …“

Sie hat ihre Frage noch nicht fertig, da fängt am anderen Ende ein Wimmern an, das sich zu schrillem Kreischen steigert. Sie ahnt, dass es mit ihrer Nachtruhe mal wieder vorbei sein wird. Ihr Magen krampft sich zusammen, sie spürt, wie sie innerlich versteinert.

„Papa, was ist denn los?“

„Sie schlägt mich …“, kann sie mühsam aus dem Gestammelten herausfiltern. Dann wieder Kreischen und Schluchzen.

Nach ein paar Sekunden poltert etwas zu Boden. Es hört sich an, als wäre eine wüste Schlägerei in Gange.

Sie streiten wieder ums Telefon, denkt sie müde. Es ist eine Endlosschleife. Mehrmals die Woche. Manchmal täglich.

Kindergarten für Greise.

Schließlich gelingt es ihrem Schwiegervater den Hörer wieder zu ergattern.

„Du musst sofort kommen!“, schnauft Werner. Seine Worte klingen undeutlich, wahrscheinlich weil seine Zähne im Wasserglas im Bad stehen.

„Vater, du weißt doch, dass wir nicht mehr mitten in der Nacht durch die halbe Stadt düsen, nur weil ihr nicht schlafen könnt.“ Ihre Stimme klingt unerträglich schulmeisterlich in den eigenen Ohren.

„Diesmal ist es anders.“

Am liebsten würde Anna den Hörer einfach wieder auflegen, sich die Decke über den Kopf ziehen und weiterschlafen. Doch schon bei dem Gedanken empfindet sie Schuldgefühle, sie bemüht sich um Geduld.

„Was ist denn diesmal anders?"

„Mama hat …" Er schluchzt auf, gefolgt von einem dumpfen Schlag.

„Hab ich dich. Ich werd's dir zeigen, du Dreckstück." Danach ertönt nur noch das Besetztzeichen.

Eine Weile bleibt Anna starr, mit dem Hörer in der Hand, auf der Bettkante sitzen. Dann rüttelt sie Richard solange an der Schulter, bis er wach wird.

„Ich muss rüber fahren. Sie streiten wieder."

„Lass sie doch einfach. Sie bringen sich schon nicht um." Die Worte ins Kopfkissen gebrummt, unwillig, im Halbschlaf.

„Hat sich aber ganz danach angehört."

Ihr Mann ist wieder einmal der Meinung, dass sich alle Dinge von alleine regeln. Unangenehmes pflegt er auszusitzen, beziehungsweise Anna zu überlassen. Sie rüttelt ihn erneut, packt härter zu als gewollt. Richard öffnet schlaftrunken die Augen.

„Soll ich fahren?"

Die Frage kommt halbherzig, mit einem vorwurfsvollen Blick auf den Wecker. Anna weiß genau, dass er es nicht wirklich in Erwägung zieht, den Part des Streitschlichters zu übernehmen. Aber er ist auch derjenige, der morgen früh raus muss. Um sechs Uhr klingelt sein Wecker. Um Viertel vor acht muss er in der Schule sein.

Sie steht zwar immer mit ihm auf, aber in den letzten Wochen kommt es häufiger vor, dass sie sich wieder hinlegt, wenn er nach dem Frühstück gegangen ist. Der Nachtschlaf fehlt ihr. Sie spürt zunehmende Gereiztheit, die sich immer öfter zu weinerlicher Wut steigert.

„Bleib liegen. Ich fahr schnell rüber." Ihre Stimme klingt dünn und angespannt. Es sind zehn Minuten Weg, in der Nacht sogar manchmal nur acht, weil um diese Uhrzeit kein Verkehr ist. Aber Minuten dehnen sich in den Stunden nach Mitternacht zu Unendlichkeiten.

Hastig zieht sie sich den Pullover an, der noch vom Vortag über der Stuhllehne hängt, schlüpft in die Jeans.

Sicher stehen ihre Haare wild in alle Richtungen. Aber das ist egal. Sie wird nur kurz zum Haus der Schwiegereltern fahren, deren Streit schlichten und dann wieder zurück ins Bett gehen.

Beim letzten Mal war Gisela schon wieder friedlich, als sie dort ankam. Die Aggressivität überfällt sie in Schüben. Und oft verschwindet sie genauso schnell, wie sie ausbricht.

Die Straßen der fränkischen Kleinstadt sind wie ausgestorben, reges Nachtleben findet an anderen Orten statt. Eine torkelnde Gestalt auf dem Bürgersteig unter matt leuchtenden Straßenlaternen, zwei liebeskrank jaulende Katzen und die schemenhaften Umrisse der hoch über der Stadt thronenden Festung begleiten ihren Weg. In der Innenstadt gibt es sicher mehr Menschen, die auch keinen Schlaf finden oder denen, wie ihr, keine Nachtruhe vergönnt ist. Sie aber nutzt die Stadtautobahn um zu den Schwiegereltern zu gelangen.

Manchmal parkt in der Einbuchtung unter der Frankenbrücke ein Polizeiauto; ihr Blick gleitet automatisch zu dem Platz. Die Streifenpolizisten langweilen sich bei ihren nächtlichen Einsätzen, haben sie bereits zweimal angehalten, aus Ermangelung ernsthafter Beschäftigung.

Heute ist der Platz leer, sie gibt Gas und erhöht ihre Geschwindigkeit auf hundert; erlaubt sind nur siebzig Stundenkilometer. Sie fühlt einen Moment trotzige Freude, die sich verflüchtigt, als sie abbremsen muss, um die Autobahn zu verlassen und in das Wohngebiet am Rande der Stadt einzubiegen.

Beim Öffnen der Haustür riecht Anna es sofort. Es stinkt nach alten Menschenkörpern, nach abgestandener Luft und Exkrementen.

Penetrant und schlimmer als gewöhnlich. Deutlicher ist auch die Aura des Todes zu spüren, noch nicht unmittelbar, aber intensiver als sonst.

Ihre Schwiegermutter vergisst vieles: die Namen und Gesichter von Menschen, die sie gut kennt, morgens ihre Zähne einzusetzen, Essen vom Herd zu nehmen, bevor es überkocht oder anbrennt. Sie hat auch vergessen, dass Fenster geöffnet werden können. Putzen, lüften, Blumen gießen – hausfrauliche Tätigkeiten sind für sie bedeutungslos geworden, früher hat sie diese akribisch ausgeführt.

Annas Schwiegervater weigert sich ebenfalls regelmäßig zu lüften. „Was das kostet", sagt er, „reine Vergeudung von Energie. Ihr jungen Leute seid so was von verschwenderisch. Dabei wollt ihr am liebsten morgen schon die Atomkraftwerke abstellen. Aber Strom sparen ist ein Fremdwort für euch! Bei uns bleiben jedenfalls die Fenster zu. Es wird nur einmal am Tag gelüftet und damit basta."

Und damit basta, sagt er oft. Meist dann, wenn Anna etwas will, was nicht in seinen Kram passt. Und das ist fast immer der Fall.

„Hallo, wo seid ihr denn?" Anna schaut kurz ins Schlafzimmer, aber da ist keiner.

„Hier", tönt erstickt die Stimme ihres Schwiegervaters aus dem Esszimmer.

Werner liegt am Fußboden. Auf dem handgeknüpften Teppich. Sein dürrer Kopf und drum herum ein rotblauer Blütenkranz, als wäre das Muster des Bodenbelags extra für ihn geformt. Ein Souvenir aus Antalya, in mühevoller Kleinarbeit exakt aneinandergereihte Gobelinstiche. Es ist eine Urlaubserinnerung aus den Tagen, als Werner gerade in Rente gegangen war. Die beste Zeit meines Lebens, sagt er oft.

Neben ihm liegen Münzalben. Deutschland 1978, 1979 und 1980. Silberne Geldstücke sind am Boden verstreut, die Einsteckseiten zerrissen. Soweit Anna auf den ersten Blick beurteilen kann, ist jede Form von Ordnung vernichtet.

Eine Ungeheuerlichkeit. Seine Münzalben fasst nicht einmal er selbst mit bloßen Fingern an. Geschweige denn ein anderer. Er benutzt nur weiße Handschuhe für Allergiker aus der Apotheke, die er sich über die dürren, faltigen Hände streift. Minutenlang dauert es, bis er jeden einzelnen Finger in dem dünnen Plastik unterbringt. Sie sitzen wie eine zweite Haut und können nur einmal verwendet werden, weil sie beim Ausziehen meist zerreißen. Aber andere kommen nicht in Frage. Und auch mit Handschuhen erfolgt das Anschauen nur unter seiner Aufsicht. Noch nie hat es jemand gewagt eine Münze herauszunehmen.

Weitere Bücher, erschienen bei

Der Kleine Buch Verlag

Die Lügenbrücke
Roman von Beatrix Binder
ISBN: 978-3-7650-9105-6

Hannelore Bahl oder der Eselsfurz
Roman von Angela Hornbogen-Merkl
ISBN: 978-3-942637-36-7

Der Duft von Oliven
Roman von Sigrid Wohlgemuth
ISBN: 978-3-7650-9104-9

Erben
Roman von Martina Bilke
ISBN: 978-3-942637-18-3

Heimaterde
Familienroman von B. Horst Feuer
ISBN: 978-3-7650-8654-0

Der Berg der Vergessenheit
Erzählungen mit einem Essay über das Schreiben von Katja Hachenberg
ISBN: 978-3-942637-23-7

Yellow Room
Erzählung von Katja Hachenberg
ISBN: 978-3-942637-58-9

Karlsruher Befindlichkeiten
Kurzgeschichten von Hans-Peter Kipfmüller
ISBN: 978-3-7650-9101-8

Ein perfekter Abgang
Wein-Krimis von Ruth Gleissner-Bartholdi
ISBN: 978-3-7650-8803-2

Dickau findet einen Toten
Roman von Bettina Giese
ISBN: 978-3-7650-8110-0

Viele Bücher gibt es auch als **E-Book** in all den gängigen Shops

www.derkleinebuchverlag.de